神人！　墓石書き換え人

松本博逝著

ロックウィット出版

もし、過去を変える事ができたら、すべての不幸な人間が幸せになるかもしれない。

1

人の墓石には人生が表現されている。短かった生もあれば、長かった生もあり、平和な時代の生もあれば、乱世の生もある。そこから感じるのは、たとえ充実した生の墓石であっても何か物悲しいと感じられる特有の空気。悲劇の生ならば、悲しい空気は更に重々しくなる。

上杉大輝はそういう場所で育った寺の息子だ。葬式が寺で行なわれたり、新しく墓が建てられたり、寺が狭くなるとそのような霊的空気が強くなる。そういった空気を子供の頃から吸い続けてきた。

その結果、その霊気には敏感だ。新しい墓石を見ると、その中に入る人の死去した年齢に目が注目する。次はその時代だ。平成、昭和、大正、明治、江戸等、その時代区分が非常に気になる。

この二つを分析すると、老齢で死去している方が幸福であった可能性が高い事が判断できるし、若くして死んでいると不幸であった可能性が高い。平成の死去は幸せであるが、昭和二十年八月十五日より前に死んでいると何か戦争が原因で死んでいるのではないかと深く考えてしまい暗い気持ちになる。実際には戦争よりも病気で死んだ人の方がはるかに多い。又、平成の死去で八十歳以上を超えているとなぜか幸せな気持ちになれるのも確かだ。特に百歳を超えていると、この墓石に入っている人間は自分の幸福な生を全うしたという確定した事実がそこにあるような気がして「ほっこり」

したような幸福な気持ちにつつまれる。

かわいいひ孫や孫達に囲まれ、成長し、もう老人といわれるような年齢にまでなった子供達に惜しまれつつ、百歳を超えた老人は荼毘に付されていく。そこには何の悲観的な空気もないとは言わないまでも、悲しみは抑えられている。人間として最高の幸福を全うした証明は死の悲しみさえも大部分は満足という言葉に変えられる。

成長し、老人になった子供や親類達はこう考えるのだ。

「ばあさん、死んで寂しい。とても悲しい、でも、今まで幸せだったに違いない。こんなに沢山の子供と孫、ひ孫に慕われて、百歳も生きられたんだ。悲しいが、ここで悲しむのは間違っているよ。笑ってとは言わないまでも、生あるものはいつか死が迎えに来るという絶対的な事実を受け入れよう。涙を流す事なく受け入れよう。そして、悲しみを忘れよう」

本人に聞いてみなければ、そのような大往生的な死でも本当に幸福か、不幸かどちらかだったかは不明なのではあるが。

それはさておき、上杉はそのような墓石を見た時には「ばあ様」のひ孫とまでは言わなくても、ひ孫のような歳の代表者として、幸せであると確信できたような気持ちになる。つまり、「ほっこり」したような気分になれる。他人であるので、あまり悲しみを背負わずに客観的にその生を判定できるのだ。

しかし、中にはそのような墓石ばかりではない。例えば、インパール作戦で戦死と書いている墓石を見かけた事がある。それも大きな墓石で明らかに普通の墓とは違う立派なものだ。これを建てる時に親、もしくは親類はどのような気持ちで立てたのだろうか？　死去した年齢は二十三歳と書いてある。凄い不幸な人生だと確定した推測ができる。想像を絶するような飢餓があったかもしれないし、砲弾によって、無残な死を迎えたかもしれない。

このような死に対して、最後の愛情がある人間としての営みで大きな墓を建てたのであろう。誰にも負けないような立派な墓を建て、人間として最大の敬意と愛情を持って葬りたかったのだろう。

他にも悲しい墓石の種類は沢山ある。明治十年、十八歳で死亡、明治三十八年、二十五歳で死亡。その原因はなんだったのだろうか？　病気か？　怪我か？　犯罪か？　それともまた戦争か？　他にも大正五年、二歳で死亡、大正十二年、六歳で死亡、昭和十三年、七歳で死亡、とんでもなく若くして死んでいる沢山の人間がいる。昔の墓石を遡れば、遡るほどその幼児死亡率の高さが目につく。

現代は良い時代だ。昔の時代は七歳までは神の子と呼ばれていた時代もある。幼児死亡率が非常に高いので、七歳まで育ってみないと将来、成長できた成人になれるかどうか全くわからないという意味だそうだ。その関連もあるのだろう。これだけ幼児の墓が昔に戻れば、戻るほど沢山あるのは。

このような墓石を見れば、見るほど何か物悲しい感情に上杉は襲われるのだ。

「何とか助ける事はできなかったのか！」と心の中で呟くのだ。

寺の敏感な霊気に包まれた環境の中で上杉は想像力を高めて、子供の頃から育ってきた。だから、霊的な物には敏感だ。全く知らない人の墓で、死亡した年齢も時代も知らなくても、何か墓石から霊的なものが訴えかけてくるのだ。

「助けて！　助けて！」と声が聞こえるような気がするのだ。

特に大きな不幸での死亡は墓から何か殺気だった霊的な怨念の匂いがする。突然、何か強烈な悪意のある視線と霊気を感じるのだ。実際に声が聞こえるわけではない。ただ、邪悪な悪魔に強力な殺意を持って、睨まれたような気がするのだ。

しかし、実際はそのような強烈な悪意を感じる事は殆どない。病気であれ、戦争であれ、偶然の怪我や事故であれ、どちらかというと運命的な要素と墓の中の霊魂は感じているようだ。大概の霊魂はその運命を受け入れている。だから、それなりに寺は平和な空気で包まれている。犯罪を除いては・・・・・。

犯罪、つまり、イジメによる殺人、飲酒運転による殺人等のこのような被害者の墓は上杉でも近寄るのが怖いのだ。犯罪は運命として受け入れるには難しい。それは犯罪自体が、戦争と比べて、公的性格をおびているわけでもなく、病気や偶然の怪我や事故と違って、運命と解釈するには加害者を許す事ができないからだ。特に加害者の犯罪理由が邪悪であれば、あるほどだ。

子供の頃はこのような霊魂の空気をよりよくはっきりと感じ取れた。座敷童子を見る事ができるのは子供のみというようにだ。子供には何かし、不思議な力が備わっているように感じる。大人には無い不思議な力。七歳までは神の子と言われるように、霊魂がこの世という地上世界に固定されていない。すぐにあの世にいってしまうと昔、言われているようにあの世の世界と深く繋がっているようだ。

上杉も子供の頃にはこのような霊魂と繋がれる深い精神世界を持っていたのだが、小学校高学年になる頃にはその能力も殆ど失われてしまった。大人になれば、ある種の能力を手に入れる事になるが、それと同時にある能力を失うという事だ。今は、人としゃべる事が苦手で根暗なただの大学新入生だ。一年間の予備校生活の後、念願の有名大学に入学した。目的も何もないのではあるが・・・・・。

何となし良い大学に行かなければならないという周辺の空気だけに押された一日十三時間の勉強後の虚しい大学生活。サークルにも入りそびれて、キョロキョロとまわりの目を見ているようなキョロ充になれるわけでもなく、現実に充実しているようなリア充にもなれているわけでもない。どちらかと言えば、一人ぼっちだ。

周りは彼女に友人、サークル、バイトと大忙しだ。しかし、上杉は講義には必ず一番前の席に座り、講義後は図書館でひたすら本を読む生活を続けていた。

隣人からは変人のようにしか見られてはいないようだ。表面的な友達付き合いはするが、一緒に飲みに行くわけでもなく、遊ぶ事もない。便所飯まではする事はなく、堂々と一人で食堂の昼食を食べる。その後、誰かとつるむ事もあまりない。

けっして容姿も悪いわけではないので、アタックしてくる女子学生は高校時代や予備校時代、大学生の今でもパラパラといる。それでも深い付き合いまではいかないのだ。電車の中で会っても、このような感じの会話になる。

「林さん、今日は何のバイトにいくんですか？」

「ファミリーレストランでウェイターの仕事よ」

「ハハハハハ（乾いた笑い）、そうなんですか、それは大変ですねえ」

・・・・・・・・・・・・・数十分の沈黙が続いた後、電車が駅について、そそくさと上杉を置いて、速足で林さんが一人立ち去っていく。このように会話が持たなくなり、上杉に興味があってもそそくさと逃げていく女性は今までに数人はいた。男には気を遣い、上杉に興味があっても、話の中から何とか会話の種を見つけようとするのに女の前ではこのザマだ。こんなんじゃ、多少、容姿に恵まれていても、あんまり意味がない。

上杉本人はこの状態をどのように思っているというとこう考えているようだ。

「女としゃべるの苦手なんだよ。別にしゃべる事が嫌なわけではないのだが、しゃべる事で深い関係に繋がっていくのが怖いんだよ」

で、結局は講義後、図書館行きで本の虫となる生活だ。読んでいる本は大学の文学部歴史学科であるので、歴史関係の本が多い。ただ、それ以外にも興味が広いので西洋文学から日本文学の小説、心理学から簡単な物理や数学の本も読んでいる。

　このような生活が大学入学から数ヶ月続いていた。ある種の青春とは言えるが、少し物足らない青春。ひきこもりとは全く違っているが、周りが期待する大学生像としては離れている。一生の友達を作って欲しい。それだけでなく、最愛の伴侶の女性と出会えれば青春の理想像としては最高なのだが・・・。

2

夜も八時過ぎ、大学の図書館もそろそろ閉館の時間だ。今日も一日が終わろうとしている。あまり大学ではメジャーでない本の虫という人種の青春の一日が終わろうとしている。

「ああ、今日も充実したような、しなかったような一日だったなあ」と上杉は少しあくびをしながら言った。

「女と遊んでいる奴よりは充実してないわな」と数少ない本の虫という同種の友人である小林が言った。

「イヤイヤ、女と遊ぶ事ってそんなに楽しい事か？　俺にはわかんねえや」

「経験が無い奴がわかるかよ。会話もキスも楽しいぞ！」

「本の方が女より楽しいって、お前も本の虫だろうが？」

「経験してから言えや！　俺は本も読んでいるが、その世界の中に閉じこもっているわけではない。それ以外の経験もしている」

「この裏切り者！」

「裏切り者じゃないよ。お前の成長を少しでも手伝ってやりたいんだよ」

「否、裏切り者だ。俺を一人にして、女と遊ぼうとしているんだな。俺は寂しいよ。この裏切り者！」

「俺はお前と深く付き合っているわけではないが、時々、図書館で一緒になる友人として忠告してやろう。女と遊べ！」

「なぜ？」

「本は確かに高尚で知的な世界を見せてくれる非常に楽しいものだ。ギャンブルや酒なんかそれと比べて糞だ。そんな物は楽しんだ後には、快楽のツケがまわってくる。非常に取り立ての厳しいツケだ。しかし、恋人や友人は良いものだ。本に劣らずに良いものだ。人間関係の勉強にもなるし、心が満たされる」

「友人と恋人の作り方を教えてくれないか？」

「そんなもん自分で考えろよ。小学校から大学生まで一回くらい友人ができただろう。恋人もその延長線上にあるものだよ。男と女の違いはあるけれども」

「わかった。考察しておく」

「全く、頭の固い哲学者みたいな回答だな。おっ、そろそろ電車の時間だ、急がなくちゃ。じゃあな、俺は今から女の家に遊びに行くんでお前と話している暇はねえんだよ」

小林は大学の正門に小走りで向かい、数秒後、闇の中に消えて行った。上杉はまたもや一人取り残された。いつもこれだ。小学校、中学校、高校とこのような生活をしてきた。人と会話する事が嫌いなわけではない、人と深く付き合う事が苦手なのだ。いつもどこかで壁を作ってしまう。女性に対してはそれが顕著にあらわれる。

「いつかどこかで変わらないといけないと思っているのになかなか難しいなあ」と寂しげに呟いた。

トボトボと一人、大学の正門を出て、暗い森の中、坂を下っていく。横には公園が見える。いつものコースだ。大学入学以来、数ヶ月間この道を歩いてきた。何の変化もなしに。これからもこのような変化の無い生活が続くのだろうか？時間が経ち、中年になっても。

寺はこんな夜になってもいつもと変わらない。子供の頃からそうだ。不気味なこの世とも思えない闇と静けさ。それとは対照的に街の繁華街は夜も賑やかで、眠りを知らない。最近はなくなっているが、以前は風俗の客引きが街中に溢れ、しつこい客引きが行なわれていたし、今でも飲食店は客引きを頻繁にし、欲望が街に溢れている。おじさんサラリーマンは同僚と飲み歩いており、大学生も合コンに飲み会に忙しい。女も化けてキラキラしている。

それと違って、ここは時折、野犬か猪か何かはわからないが、動物の鳴き声が聞こえるだけ、それ以外は静寂に包まれている。

「ただいま。今、帰ったよ。先にご飯が食べたい」

「おかえり。ご飯はそこに置いてあるから、適当に電子レンジで温めて食べてね。私は今、テレビを見るのに忙しいから」と母親はテレビを見ながら、適当に答えた。

夜の九時過ぎに帰宅する上杉の夕食はいつも一人だ。家族全員はすでに夜七時くらいには食事を済ませており、もう居間にいてテレビを皆で見ている。

「ああ、今日もコロッケかあ。これで三日連続コロッケだなあ。寺に大量のコロッケでも寄進されたのかなあ」

「そんなにブツクサ言うなら、食べるなよ！　最近は寺も経営難の時代なんだよ。金銭じゃなくて、コロッケでも有難く思いなさい。コロッケを笑う者にはコロッケに泣くって諺があるんだよ。だまって食べな」

「わかったよ。黙って食べるよ。毎日同じ物を食べるのには慣れているんだよ」

「あ、明日もコロッケだから」

「エーーー、いつまでコロッケが続くんだよう」と上杉は半分、べそをかきながら話した。

「無くなるまで」と母親は笑みをうかべて、からかいながら話した。

「ハヒャー」

上杉はこのような母親を愛していた。表面的ではなく、人と深く付き合うのはすごい苦手であるが、その分、家族との絆は深かった。それは父親、姉とも同じだ。家族的な気質でもあるかもしれない。

それに比べて父親の数少ない小学生時代の友人である飲み屋経営者は全く知らない人とも壁をあまり作る事なく付き合う。それで、店の常連になり、経営も上手くいく。最低ラインの壁は作るが、その壁は最低ラインなので、沢山の人がその友人の懐に簡単に飛び込める事ができる。

だから、家は代々続く寺の住職の家系でありながらも、寄進されたコロッケを何日も食べ続けるという貧乏な寺なのだ。寺の住職である父親もその事はよく理解しているが、昔ながらの頑固で無骨な昭和の男、それもこの華やかな世には全く似つかわしくない昭和初期の性格をそのまま引き継いでいる男がそんな器用な事はできない。貧乏なまま黙って生活するしかないのが現状だ。

上杉は黙々と食事を続けていた。あれだけ母親に文句を言っていたコロッケも大学の図書館で数時間も読書に励んだ後にはあんまり食べ飽きたような気はしなかった。

次にご飯を口にかきこみ、味噌汁を飲もうとした。味噌汁の具は上杉の大好きなワカメと牛肉だ。いつもジャガイモと玉ねぎばかり味噌汁の具にしていた母親がワカメはともかく、気を遣ってくれて牛肉を具にしてくれるなんて。

「やっぱり、親というものはありがたい」と上杉は心の中で呟いた。

食事も食べ終わり、風呂も入り終わったので、居間にいる父親、母親、姉と一緒にテレビを見ようとした。やっぱり、家族とテレビを見るのは楽しい。クーラーの効いた部屋で、アイスクリームを食べながらバラエティー番組を見る。平凡ながらも手に入れ、維持する事がとても難しい幸せでもある。

「そろそろ寝るか」と父親が話した。

上杉は時計を見た。もう夜中の一時くらいになっている。そろそろ寝なくてはいけない。明日も朝九時くらいから大学の講義がある。それに貧乏寺の住職とはいえ父もする事があるし、母親も家事に忙しい。姉は社会人だから会社に行かなければならない。

自分の部屋のベッドに向かおうとした。「・・?」と何か少し違和感のようなものを感じる。別に何か痛いというわけではない。しかし、よくわからない。もしや幽霊にでもとりつかれたのでは？　墓を見てみようと思って、窓を開けた。

「・・・・・・・・・」と何の変りもない。

「体調があまりよくないな。何が原因かはわからない。考えてもしかたないだろう。とりあえず寝るか」と一人で声を抑えて呟いた。

明日も忙しい、しなければならない事が沢山ある。大学生で遊んでいる奴を沢山見かけるが、社会に入れば忙しくて勉強できない人も多い。上杉はそういった後悔をしたくなかったと親戚のおじさんから聞いた言葉を思い出しながら、いつも同じような日が続くと退屈を感じていた。

3

上杉は朝十時頃に起床した。少し体調は悪い気がするが、動けなくはない。その体調が悪い気も所詮は気だけかもしれない。大学の授業には完全に遅刻だ。しかし、それとは関係なく、今日はどうしても何か胸騒ぎがして、学校に行く事ができない。

「何か飲みたいな、食欲は全くわかない」

部屋から家の台所に降りてきて、冷蔵庫を開けた。二リットルのミネラルウォーターのペットボトルを手にとって、コップに注いでいる時に急に腹痛と吐き気に襲われた。

「ん、なんかおかしいぞ、幽霊ではない。これは食あたりか何かでは？」

もしかしたら、同じ物を食べた家族も食あたりが起こっているのではと上杉は直感的に気がついた。

家族を家中探したが見つからなかった。

「もしかして、みんな倒れたので救急車に運ばれたのか？」

家の中にはいくらさがしても誰もいなかったが、探し回った結果、母親が元気で健康そうに洗濯物を庭で干していた。

「お母さん、お腹は痛くない？」

「痛くないよ。いたって元気」

「私はとても痛いんだよ。これは食中毒か何かでは？」

「食中毒だったら、同じ物を食べた家族全員が痛くなるはず。あんただけが痛くなるはずがない。それとも、昼間、大学で何か食べたのが原因かなあ」

「とりあえず、物凄く痛い。何とかしてほしい」と上杉は顔を青ざめながら必死に母親に訴えた。

母親は悲壮な訴えを聞いて、顔を真剣に引き締めた。普段は温和で冗談ばかり言っている母親だが、子供が病気だとかそういった緊急の場面になると戦士の顔に急変する。そこらへんは子供にとっては非常に頼もしい。

とりあえず、母から指示を受けて、薬を飲んで暫く安静にする事にした。痛みよ。痛みよ。おさまってくれと祈りながら、ベッドに潜り込む。母親が上杉のベッドの傍に来て、心配そうに見守っている。

「まだ、痛い？」

「痛くて死にそうだ。何とかして欲しい」

「救急車を呼ぼうか？」

「お願い。呼んで欲しい。どうしても痛みが治らない」

大騒ぎを起こすのが嫌いなので本当は救急車を呼びたくはなかったが、どうしても我慢する事ができなかった。この強烈な痛みは普通の食あたりではないように感じる。死にそう、死ぬかもしれんくらい痛い。死にそうだ何とかして欲しい。

その時、救急車がやって来た。ベストタイミング。救急車に運ばれて、近くの市民病院に上杉は運ばれる事になった。救急車の中でも痛みは猛烈に続いた。おさまる事を全く知らない。そばでは母親が心配そうに見ている。

「どんな感じ？」

「救急車の中なので、あまり何もできるわけもないので、やっぱり痛い。死ぬかなあ」

「死ぬと思う」

「冗談でも止めてほしい」と上杉は半分笑って、小さい声で話した。

救急車がついたようだ。急いで病院に運び込まれる。テレビドラマのようだ。医者がベッドに寝かされている上杉に近づいてきた。色々と質問し、血液検査をした。その結果、医者は病気についてこう話した。

「盲腸です。緊急手術をする必要があります」

「大丈夫ですか？　助かりますか？」と傍にいた母親が心配そうに言った。

「盲腸ですよ。現代医学で盲腸によって死ぬ事は考えにくいですなあ」と医者は自信がありそうに答える。

「大丈夫、心配しなくて良い。盲腸なんかに負けないから」と上杉は母親を心配させないように、元気そうに振る舞いながら話した。

「とりあえず、手術にうつります」

身体は手術室にうつされた。緊張した空気が包み、手術前に麻酔がかけられる事になった。それも全身麻酔をかけられ、少しばかり意識が遠のく事になりそうだ。とても不安だった。盲腸というありふれた病気であり、手術すれば当然、完治すると思われるような病気でも手術を一回も受けた事のない健康な上杉にとっては心が軋むようだった。

「それでは手術の前に全身麻酔をかけますので、怖がらないでください」

「大丈夫です。怖くないです」

「目覚めたら、手術は終わっていますから、安心してください」

「わかりました。すべてを先生におまかせします」

麻酔されるにつれ、意識が徐々に薄くなっていくような感じがした。それは気持ちよい熟睡の蕾に包まれるような感覚だった。上杉の意識は消滅した。

4

上杉は夢を見ていた。それも悪夢だ。大学生の自分がどんどん小さくなっていく、予備校生になり、高校生になり、中学生、小学生、幼稚園児、赤子、胎児にまで遡るという夢だ。胎児まで遡るとついには受精卵にまで戻る。

母親の子宮で完全無力な受精卵の上杉に対して声だけが聞こえる。

「この子は生まれる必要のない子です殺してください」と母親の冷たい声が聞こえ

てくる。

「わかりました。今から処分します」という冷たい美人女医の声も聞こえる。

その産婦人科医の顔は知的で美しく、年齢で言えば二十代後半か、三十代前半といったところだろう。身長は百七十五センチから百八十センチくらいで、痩せ型でモデル体型だ。その美しい手が消毒液で清潔になった後、堕胎用の道具を手に取り母親の子宮から受精卵をかきだして、処分しようとする。

受精卵なのでどうしても逃げようと努力しても動く事ができない。何も抵抗する事ができない。

「泣きながら、助けて！」と口が無いのに心の中で叫んでみた。

しかし、徐々に美人女医の手にある冷たい鉄製の器具は近づいてくる。

「お母さん！」と口が無いのにまた心の中で叫んでみた。

「殺して、早く殺して、この障害児を早く殺して！」と母親の冷たい声が聞こえてくる。

美人女医の美しく冷たい手に持たれた鉄製の医術器具が更に受精卵になった上杉に近づいてくる。後、一センチ、否、後、数ミリ。最後にはその器具がグサリと受精卵に突き刺さり、ハサミのような器具でメッタ切りにされる。それで、その悪夢は終わりだ。

しかし、それで終わりではない。次は植物に生まれ変わるのだ。脳も何も無い、ただの感覚しかない。それでも何をやられているかは大体、体感的に理解できる。人間の子供や動物に踏みつけられるのは草に生まれ変わった時だ。木に生まれ変わった時は斧で切られたりするし、米に生まれた時は炊飯器に洗われて、煮込まれたら意識がなくなる。

この悪夢が何度も何度も内容は少し変わるが、同じような内容で繰り返されるのだ。何度も繰り返されるので、どれだけの時間が経過したかはわからない。ただ苦しい、辛いという感情だけが心に残るのだ。

こういう悪夢を数千回、もしくは数万回、繰り返したかはわからない。ただなぜか異常に長い時間が経ったという感覚が残るのだ。もはやあまりにも同じような事が繰り返されるので、何度も心の声を出すのだ。

「早く殺せ！　生きたくない」

最後の夢は上杉を殺そうとした母親じゃなく、今度は優しい母親が川の向こう岸で待っている、橋があって、その中央に上杉がいる。反対側の岸にいるのは十年前に亡くなった祖母だ。どうやら三途の川のようだ。

「お前を冷たく、生まれる前に殺そうとした母親の所に戻るな！　こちらに来い！」

と泣きながら訴えてくるのだ。

逆の方向には優しい、いつもの母親が心配そうにこちらをじっと見ている。何も話さない。ただ心配そうにこちらを見ている。

上杉は迷った。真実はどちらなのか？　今まで述べた悪夢は何度も見た事はあるが、こんな夢は全く見た事がない。迷った。祖母には悪い感情は無い。母親は今、優しい表情をしているが、今までの夢では生まれる前に殺そうとしている冷たい冷酷な母親だった。祖母の元に戻ろうか？　母親の元に戻ろうか？

「どうしよう」と呟きながら上杉は橋を右往左往していた。自分でもどうしていいかわからない。暫く、冷静に考えた。母親は生きている人だ。祖母はもう十年前に死んでいる。あの冷酷な母親は、どうみても現実の母親とは思えない。

決心した。母親の方向にむかって歩き出し、母親が待っている岸に着いて、お互いに抱き合った。すると祖母の態度が急に変わりだした。

「クソが！　バレちまったか！」と祖母が悔しそうに話した。その声も昔の祖母の物とは違う、鬼婆のような声だ。

その瞬間に全体が薄っすらと光に包まれた。祖母の姿が奪衣婆という鬼に変わり、こちらを悔しそうに見ている。すると今度は三途の川が圧倒的な光で包まれてきた。何か今までの悪夢が終わりそうな予感だ。光は三途の川だけではなく、母親と上杉がいる岸も奪衣婆がいる岸も圧倒的な力によって包もうとしている。

・・・・・・・・・・・・・・上杉は目が覚めた。ここはどうやら病院のようだ。なんという悪夢、なんというクソ夢だ。でも、夢でよかった。意識ははっきりしているし、腹の痛みも治まっている。だが、体の調子は少しよくない。具体的に言うなら、別に痛いというわけではない。体が昔と違って、あまり動かないのだ。何か筋肉が劣化したような感じで非常に動きにくい。

しかし、今は夜だ。時計を見ていると夜中の二時。少し疲れが溜まっているような気がするし、眠気もまだある。喉は体に点滴がつけられているせいもあって殆ど乾いた気はしない。食欲もあまり無い。寝よう。明日、家族と会えるはずだ。

………………数時間後、瞼に薄っすらと穏やかな光がさしてきた。どうやら、朝がきたようだ。たぶん、盲腸の手術なので数時間、もしくは一日から二日しか寝ていないと思うのになぜか懐かしいような気がする。とても優しく、懐かしい朝だ。

「誰かいますか?」と上杉は目を開いて話しかけた。

その時、看護師数人が部屋をちょうど掃除していた。

「誰か何か話しかけたかな?」

「否、誰も話しかけていないよ」

「んー、おかしいなあ。気のせいかなあ」

「誰かいますか？」と上杉は今度、少し大きな声で話した。

「まさか！」と看護師数人が駆け寄ってきた。

「おい、意識が戻っている。信じられん。奇跡だ！」

「奇跡！　それはどういう意味だ！」と上杉は心の中で呟いた。

看護師の一人が医者に報告する為に病室を離れ、暫くの後、医者を連れてきた。医師は本当かよ。そんな事ありえるわけないだろうというような狐につままれた顔をして、病室に入ってきた。

「奇跡だ！　ありえない。二年間植物状態だったのに！」と驚きの表情を見せながら医師は言った。

「植物状態！　二年間！　どういう事だ？」

医師によって、上杉が意識を回復した事は家族にすぐ知らされた。その後、父親、母親、姉が急いでかけつけてきた。

「おはよう」と上杉はぎこちなく言った。

「仏様、本当にありがとうございます」と母親は涙した。

「二年間、植物状態ってどういう事？」

「お前は盲腸の全身麻酔のミスでずっと意識不明だったんだよ」

「よかった。本当によかった。こんな奇跡が起こるとは、仏のおかげに違いない」

と父親は喜んで、寺の住職らしく言った。

姉も父親の隣で泣いていた。しかし、上杉は事実を聞かされてもどうしてもその事実をすぐには飲み込む事ができなかった。時間は盲腸で病院に運ばれた時で止まっている。どうしても納得できない。これは悪い夢でもみているのでは？

上杉は周囲を見渡した。なんとか証拠になるものが欲しかった。本当にあれから二年も経ったのか？　どうしても納得できなかった。両親や姉は記憶と殆ど変化がない。

「カレンダーはある？　カレンダーは？　本当に二年経ったのか？」と上杉は悲壮な感情を込めて言った。

父親が病院に飾られているカレンダーを指差した。

「二年、確かに、二年が経っている」と目を丸くし、驚嘆の気持ちで上杉は叫んだ。

「なんて事だ。こんなことがあってたまるか！　なんでこんな目にあうんだ！　世の中はなんて残酷なんだ！」

その日、上杉は現実を直視する事ができなかった。家族がカレンダー以外、ＴＶ番組等を見せてもどうしても感情的に納得する事ができなかった。しかし、二年間寝たきりの体は筋肉が衰退し、思うようには動かす事はできず、時の経過を実感せずにはいられなかった。

5

あれから、更に八ヶ月が経った。その間は病院でリハビリを徹底的に行なった。二年間の寝たきり生活の間に筋肉は相当に衰弱しており、体を殆ど動かす事はできなかった。だが、上杉は必死に努力をした。失われた時間をどうしても取り戻さなければいけない義務感とこのまま人生を負け犬で終わりたくはないという気持ちから必死に努力した。

その成果や素養の高さもあって、車椅子での生活からなんとかゆっくり歩く事ができるようになった。ただ、全快というわけにはいかず、機敏な動作や走る事はできずにいた。

又、大学は休学になっており、まだ、上杉は戻る事ができた。そろそろ杖をついてでも大学に通学をしなければならない。自分の将来を破産させない為に。

「劣等感の塊だ」と上杉は悲しそうに呟いた。

「生きているだけでもありがたく思いなさい」と母親は気楽に言った。

「もうすぐ、大学に復学する。なんとかがんばりたい」

「そうよ、その調子よ。がんばりなさい」

母親はいつも楽観主義者だ。暗い気持ちになりやすい上杉にとっては元気になるエネルギードリンクのような存在だ。上杉は頑張らなくてはいけないと決意していた。

なんとかこの時間の遅れを取り戻したかった。体は完璧ではないにしても順調に回復している。

しかし、何かおかしい。何か子供の頃に戻った別次元の感覚が体に溢れているような気がするのだ。そう、霊魂の声が聞こえたり、座敷童子が見えたりするそういった不思議な感覚だ。なんとも説明する事ができない感覚、子供の頃に感じた懐かしい感覚だ。

もしかしたら、意識不明の状態が二年間も続いたので、何か不思議な力を手に入れたかもしれない。まるで映画のようではあるが。

「俺、座敷童子が見える」

「馬鹿！　見えるわけないでしょ。幻覚よ」と姉が冗談まじりに返した。

「そんな冗談が言えるくらいに回復しているのは良い事だ」と父親は脂ぎった坊主

頭を光らして言った。

「とりあえず、夜だが体調がすこぶる良いので、寺を散歩してくるよ」

「幽霊にさらわれるなよ」

「クスクスクスクスクスクスクスクス」と母親と姉の女特有の笑い声が聞こえる。

上杉は嬉しかった。劣等感に包まれ、苦労しながら今から歩まなければならないが、家族の満ち溢れた愛が嬉しかった。

「家族とは良いものだ」と呟きながら上杉はゆっくりと歩いた。

夜の寺は不思議な場所だ。昼の寺とは明らかに違っている。昼の寺は太陽の光で一面が照らされ、静かながらも賑やかで落ち着いた空気だ。墓参りが目的の人々もパラパラといる。しかし、夜は違う、夜は闇で包まれ、もちろん人は全くいない。いたら幽霊と思われるくらいにいない。動物の鳴き声は昼間のように賑やかには感じない。

何か動物とは違った野蛮な獣の声に聞こえる。更には動物の声すら稀だ。殆ど静寂に包まれている事が多い。

上杉は寺の住職の子供だ。家も寺の敷地内にある。慣れていない人はこのような夜の寺の環境には恐怖を感じるかもしれない。だが、上杉にとって、それは日常であり、何も怖いことは無い。子供の頃から墓は身近にあった。

「今日はやけに爽快な感じがする。家族の愛をシミジミ感じるからか？」と楽しげに独り言を話した。

・・・・・・・・その独り言の瞬間、後ろから、何かに見られているという強烈な視線を感じた。上杉は急いでふり返った。誰もいなかった。

「誰もいないのに、何かがおかしい」

上杉はおかしいと感じながらも、誰もいないので気にせずに前に歩こうとした。だが、前に向き直ったらすぐに同じように誰かの視線を感じるのだ。

「おかしいなあ、なんかおかしい」

また、急いでふり返ってみるとまた誰もいない。

「何かを感じる。何かを」と述べながら、今度は前を向いて、誰かの視線をじっと浴び続けた。今度は後ろにふり返らずに視線を送っている主を見つけてやろうと考えたからだ。

「・・・・・・・・・・」と五分、沈黙の時間が流れた。絶対に誰かに見られているが、後ろを見る事はできない。上杉は視線を送っている正体の気を探ろうと必死に試みた。

「まさか、あの悪夢の奪衣婆という鬼がこの世まで俺を追ってきたのか?」と上杉は考えた。体は冷汗でびっしょりとなった。だが、その確証もない。

上杉は後方に視線を感じながらも、その正体を突き止める為に振り返らずに、後ろにバックし続けた。見てはいけない。見ようとしてはその正体を決してつきとめる事ができない。

「このまま後ろにさがり続けるのは危ないな。近くには崖もあるしな」

だが、なんとかこの見ている物の正体をつきとめなければならない。つきとめなければ安心する事ができない。上杉は後ろから相当なプレッシャーをあびせかけられたので、更に冷汗が流れ出ながら、後ろに下がり続けた。その時、「コツン」と何か石のような物に当たった。そこで、初めて上杉は後ろを振り返った。

それは墓石だった。何の変哲もない墓石。それもこちらが正面を見た瞬間は何も視線を感じない。上杉は墓石を暫く、じっと見ていた。

「この墓には誰が入っているんだろう」と上杉は墓石をスマートホンのライトで照らした。そこには大正七年八月五日に九歳で死んだ男の子とその家族と思わしき人々の遺骨が納められているようだ。その幼く死んだ子以外は皆七十歳以上で平成に死んでいる。

「この年寄りになって、死んでいる人々は別に気にならないが、この男の子はなんでこんなに早く死んでいるのだろう?」と不思議に感じて、墓石に手を伸ばして触れてみた。

その瞬間、上杉に「ビリビリ」とした電撃のような衝撃が起こった。

「ぐおおお、うぎぎぎぎ、があああああ」と大声で苦痛の呻き声をだした。

上杉の体に小さな卍の模様が現れた。その卍が頭から足まで、もしくは目や耳や内臓の中まで現れ始めた。

「俺はもう、俺はもう終わりだ」と上杉は喚いた。髪の毛がすべて抜け始め、卍が頭等をすべて埋め尽くす。ついにはすべてが卍で埋め尽くされた事で体の形が崩れてきた。もう人間の体ではなくなっている、なくなっているが意識だけはある。ついに体は液体となり、最後に消滅した。もう痛みは無くなっている。

「俺は、俺はどこにいくんだ!」と心の中で上杉は呟いた。

その意識もどこか遠い世界に飛ばされていくような気がする。今の世界とは違う別の世界にだ。時間は数分しか経っていないが、その旅は凄く長く感じる。

「うあああああああああああ!」と心の中で思った瞬間に一瞬だけ意識が消えた。

「ここは、どこだ?」

辺りの景色は現代と似ているようだが、少し違う。なにかレトロのように感じる。おまけに田舎の風景だ。近くで男の子と女の子が楽しく遊んでいる。服装も現代的ではない。着物のような物を着ている。

上杉の服装はというと散歩していた時の寝巻きのままだ。なんか恥ずかしい感じがした。現代の寝巻きではとても浮いたような感じがする。

「ひゃ、変な服装だ」と小学校中学年くらいの男の子が話しかけた。

上杉はその男の子を見た時に、墓に書かれた大正七年八月五日に死んだ子と直感的に理解した。別に写真で顔を見たわけではないが、何となく理解できるのである。不思議な能力だ。しかし、なぜこの男の子が生きている過去にいるのだろうか？

「今年は何年で何月何日なの？」

「変な事聞くね。今日は大正七年八月五日だよ」とその男の子は子供らしい笑顔で答えた。

上杉は顔が真っ青になった。その年月は今、話している男の子がちょうど亡くなる日だ。今日、この過去の世界でこの男の子に死が訪れるのである。なんとかしなくてはいけない。

「お兄ちゃん。一緒に遊ぼうよ！」とその男の子は無邪気に話しかけた。

「いいよ。何して遊ぶの？」

「あちらでね、みんなで川遊びをしているの。一緒に遊ばない？」

「川遊びかあ、楽しそうだなあ。お兄ちゃんもよして！」

向こうでは子供達が川遊びを楽しそうにしていた。今日は夏の暑い日だ。外で遊ぶにもけっこうつらい。川遊びが行なわれているのも仕方が無い。

海は浮力が強いが、川は海よりも浮力がなく、沈みやすい。これは危険だなと上杉は思った。しかし、この男の子が川遊びで死ぬかどうかわからない。

「今日は暑いけど、やっぱり、川遊びはやめてお兄ちゃんとかくれんぼしない？」

と上杉は思慮深そうに話した。

「エエー、暑いから向こうで川遊びをしようよ」

「駄目、かくれんぼの方が楽しいもん♪」

「川遊びしたい。川遊びしたい」

「駄目、駄目、駄目、駄目、駄目」

「ちぇっ、わかったよ」

男の子は乗り気ではないが、どうやら納得してくれたようだ。かくれんぼの方が安全性は高い。これで過去を変えられると上杉は安心した。

「じゃあ、誰が鬼か決めようか？」

「いいよ。じゃんけんしよう！」

「ジャンケンポン！」と上杉と男の子は同時に声を出した。

「勝った♪　じゃあ鬼はおにいちゃんね」

「わかった。じゃあ隠れてね。五十数えるから」

「うん。わかった」

「一、二、三・・・・・・・・・・五十。もういいかい?」

「まあだだよ」

「じゃあ、後、三十数えるからね。一、二、三・・・・・・三十。もういいかい?」

「もういいよ」

「かくれんぼなんて久しぶりだ。もう、最後にやったのは十年くらい前かな」と上杉は昔を思い出しながら、楽しげに話した。

しばらくの間、子供が隠れそうな場所を探していたが、なかなか見つからない。どこに隠れたのだろうか?

子供が隠れそうな木や岩の裏を見てもなかなか見つからない。もう三十分は探している。次はどこを探そうかなあ。でも、なんか悪い予感がするなあと上杉は思った。

その時、川の方向から声が聞こえた！

「キャー、誰か助けて！」

「大人を早く呼んでこなくちゃ。早く。早く」

「がんばれよ、しっかり気をはれ！」

上杉はそういう事かとすぐに気がついた。あの男の子はかくれんぼに嫌気がさして、川遊びをしに、川の方向に行ったのだった。急いで戻らなければならない。今、あの川から一番近い場所にいる大人は上杉だ。

上杉は猛ダッシュで走った。リハビリ後でゆっくりとしか歩く事ができないはずなのになぜか身体は麻酔事故前のように軽く動く。不思議だ。これは過去の世界だからか？

全力で走ってきたので「ハアハアハアハアハアハア」と息をきらしてしまった。だが、そのような悠長な事は言ってられない。あの今日死ぬ予定である男の子が川の激流に流されないように必死に木の枝にしがみついている愕然とした光景が目に映ってきた。

「助けて！　助けて！」と男の子は必死に泣き喚いた。

上杉は川に飛び込もうかどうか迷った。けっして泳ぎは苦手ではないのだが、川の流れが速すぎて、大人の上杉でも相当な恐怖心を感じるからだ。

「助けて、もう駄目だ。手がちぎれそうだ」と男の子の悲鳴に磨きがかかる。

上杉は覚悟を決め、恐怖心を克服し、速い川の流れに飛び込んだ。すべての力でもって泳ぎ、子供が手に持っている木の枝に到着し、子供を左手で抱え込んだ。しかし、もう川岸に戻る力がない。木の枝を右手でつかまえるのが精一杯だ。

「もう駄目だ。手に力がはいらなくなってきた」と二十分程、木の枝にしがみついていた上杉は力なく言った。

その時だった。近所の大人の男達数十人がロープを持って大急ぎでやってきた。

「頑張れよ！　今、助けるからな」と皆にしっかりと持たれたロープに体を縛りつけた男達が上杉と男の子に近づいてきた。そして、暫くの川との格闘の後、上杉と男の子はその男達につかまれて、川の岸にあげられた。

「ハアハアハアハアハア」と上杉は息をきらしていたが、その瞬間に再び殆ど意識が無くなった。今度はブルーの歪んだ空間に放り込まれたような感覚だ。どこへ飛んでいくんだ？

「うあああああああ！」と叫んだ。五分程経ったろうか？　時間間隔だけはなんとか概ね理解できる。

「ここは？　どこ？」と上杉は目を開けながら呟いた。元の夜のあの静寂な寺の中、墓石を水でずぶ濡れになったまま触っている状態だった。

本当に自分にこんな出来事が起こったのかを実感する事ができずに「ボーッ」として放心状態だった。今、見た光景は本当なのか？　とても信じる事はできない。

上杉は墓石をスマートホンのライトで調べて見た。先程、目に入った大正七年八月五日、九歳で死んでいる男の子の表示が平成十年十月八日、八十九歳で死亡に書き換えられている。上杉は驚いて目を白黒させていた。するとどこからとなくかわいらしい声が聞こえてくる。

「お兄ちゃん。ありがとう。本当にありがとう」

上杉は耳を疑った。墓から声が出てくるとは不思議だ。おまけに服も水でびしょ濡れだし、墓石が書き換わった記憶もある。これは確実な事実なんだ。墓石に接触する事で過去に戻れるという不思議な力を手に入れたのだ。これは麻酔事故が原因か？

なぜこんな不思議な力を手に入れる事ができたんだ？

　上杉は水でびしょ濡れになった体が冷えるのが嫌いなので、散歩を途中で止めて、家に戻ろうと決めた。歩こうとした瞬間、不思議な事がまた起きた。麻酔事故前のように軽やかに体が動くのである。もちろん走る事もできる。これは神か？　それとも悪魔の仕業か？　なんとも不思議な奇跡である。

6

過去に戻る能力を手に入れてから、一ヶ月の時間が経った。あの能力を手に入れてから、体も麻酔事故前と変わらないくらいに回復している。リハビリはもう不要だ。家族もその回復には驚嘆しているし、医者も二度目の奇跡だと言わんばかりだ。

「私が仏様に毎日、祈りを捧げていたからよ」と母親は満面の笑みで話した。

「ありがとう。毎日、私の為に祈ってくれて」

「お前、伝説の神人かもしれんぞ?」と父親が嬉しそうに話した。

「伝説？　神人って何？」

「神人ってのはな。とても助からない死の淵から奇跡で助かった時に何か不思議な能力を手に入れた人間の事だ。例えば、事故で大怪我をして、長期の意識不明の重体を経験し、意識が回復した時には苦手だった外国語がペラペラにしゃべれるとかそういうのだ」

「へえ、そういうのってあるんだ」

「あるんよ。とても現実には考えられない事から神の子という意味で神人という言葉があるんだよ」

「もしかしたら、私は神人かもしれない？」

「普通の体になっただけでは神人とは言えないだろう。それも意識が回復してからすぐに手に入れたわけではないしな」と父は知識を自慢するように言った。

「まあ、普通に体が動けるようになっただけだしね」

上杉は普通に動けるようになった事は家族に報告したが、墓石から視線や言葉を聞ける事や殺気や怨念等の空気も読める事、ましてや墓石に接触する事で個人の魂から過去に戻れる事は教えていない。そんな事を家族に言ってしまえば大騒ぎになってしまう。ましてや他人に漏れてしまうとマスコミやら国家機関からターゲットにされかねない。とても普通の安らかな生活をする事はできない。したがって、おしゃべりな母親や姉等の存在もあって誰にも話すわけにはいかない。

あれから、上杉は墓石を色々と接触して試した。結果、この能力について色々な事がわかった。それは次のようなものだ。
A　墓石にいる人物の同じ過去の時間には戻れないが、同じ人物の違う過去の時間には戻れる。しかし、一度、アクセスした時間より前には戻る事はできない。

Ｂ　過去の時間の一時間は現在の十分に相当し、その分、体力の消耗が激しい。
Ｃ　過去の時間の物理的暴力や自然災害の影響等は現在の肉体に影響する。
Ｄ　現在の物は手に持てるなら、過去の時代にも持っていく事ができる。同じように過去の時代の物を現在にも手に持てるなら、持っていく事もできる。
Ｅ　過去の世界での飲み食いや睡眠では現在の世界における肉体は維持できない。
Ｆ　墓石の中にある特定の魂にアクセスしているので、過去の世界でその魂から十キロの距離を越えると自動的に現在に戻される。
概ねはこんなところだ。細かくは書けない。その他にも秘密はあるかもしれない。それはこれからこの能力が果たしてどのような物かを理解しなければならない。宿題のようなものだ。

又、上杉は大学には行こうと思っていたが、最近はこの能力が面白くて仕方が無いので、復学したが、殆ど通学をしなくなっている。その他にも二年間の空白期間が希薄な人間関係を更に希薄にしてしまったという原因もある。あれほどの本の虫だったにもかかわらず、図書館にも行かず、授業も出席していない。

「何か可哀相な人の墓を知らない？」と上杉は暇そうに尋ねた。

「そんな事を聞いてどうするんだよ？」と父は不思議そうな声で答えた。

「墓参りしたいんだよ。哀れな霊魂を慰めたいんだよ。寺の住職なら、そんな事情には詳しいだろう？」

「お前にそんな高尚な趣味があったっけ？　いつも寺の行事には無関心の癖に」

「寺の住職を継ぎたいんだよ。それならそういう気持ちがあってもおかしくないだろ？」

「えらい心変わりだな。あの墓を見な。確か十代後半くらいだったと思うけど、若

い娘さんで明治時代に脚気で死んでいるから。今の時代には簡単に治る病気なのにな
あ。可哀相に」と父親は墓を指差しながら話した。
上杉は夜中にこの墓に接触しようと決めた。朝や昼では墓にアクセスする時にどう
しても体中に卍ができるので、その正体がバレかねない。その異様な姿はまさに化物
だ。特に墓参りが目的に人がいるので、その視線にさらされる事はできない。
夜中を待った。誰も人がいなくなる闇の静寂はその異様な姿を完璧に隠してくれる。
しかし、この夜中に何時間も活動しているのを上杉は問題だと思っている。ここでこ
んなに気力を使って活動していると昼間は死ぬほど眠たい。昼間は大学に行くのがし
んどい。人助けもできて、とても楽しいのではあるが。
・・・・・・・・・・数時間が経った。寺はいつものように化物が出そ
うなほど気味が悪い静寂に包まれている。上杉はその寺の中を今度は本格的な懐中電

灯を持って歩いていた。

その歩いていく途中で色々な墓からアプローチがやってくる。人間には人気の無い上杉も霊魂にはとても気に入られているようだ。

ある墓の中には女とＳＥＸしている途中、興奮による心臓発作で死んだ五十代中頃のおっさんの霊魂がこれまた何回もストーカーの様に粘着にアプローチしてくる。その墓には昭和五十五年五月三日死亡と書かれており、「助けろ！　助けろ！　五月三日に俺はＳＥＸによる興奮で腹上死した。心臓発作が原因だ」と聞いてもいないのに丁寧に理由までキチンと教えてくれながら、泣き喚いてくる。

もちろん、上杉は無視だ。上杉も人間であり、体力の限界や昼間の生活もある。人を助けたいと思っているが、助けられる人間の数には限界があり、それも昼間の生活のかなり大部分を犠牲にしなければならない。この大きな寺の中で無数の墓があり、助けるにも優先順位があるのだ。

他にも九十歳まで生きて、最後は交通事故で死んだ爺さんの霊魂が「助けて！　助けて！」と泣き喚いてくる。こういうのも上杉は相手にしない。九十歳まで生きられているのだから交通事故で死ぬのは天命として受け入れるべきだと考えているからだ。しかし、霊魂になっても人間のエゴイズムは変わらないと深く思う。

まあ、全般的に言える事は若くして死んだ子は謙虚な事が多い。よっぽど変な原因で死んでいない限りは死を運命として受け入れている事が多い。それでも、苦しそうな目で何とかして欲しいと視線や声を向けてくる。

胸がとても痛い。夜中に墓を歩いていると若い悲しそうな視線や声を多数感じる。それをすべて助けてやりたいのだが、そんな事は無理なので、無視するのである。今回のような特別に助けたいと思う場合を除いては。

そろそろ墓につきそうだ。助けようとする墓の主からは視線や声は聞こえてこない。助けて欲しくないのか？　それとも遠慮しているのか？　それは不明だ。ただ言える事はこちらに訴えかけてこなくても、悲しげな空気だけは感じるという事だ。

墓は賑やかに花で飾られていた。他の老人も同じ墓に入っていて、時おり、親族がきて、お参りをしているようだ。普通、明治時代に若くして死んだ女性だけの墓ならとうに無縁仏になっている可能性が高い。こういうのが集団で墓に入る良さだ。昔の世代は忘れ去られていくが、新しい世代が墓に入る事で無縁仏になる可能性が少なくなる。

上杉は服を脱いだ。服の下には今の時代とかけ離れているテレビでしか見られないような明治時代の服を着ていた。ジーンズとTシャツではなく、着物だ。これは寺の蔵の中に収納されていた物を借用してきた。歴史ある寺なので、古物は探せば大体、手に入る。それに上杉は体重が標準なので、殆どの服は着用可能だ。ただ、昔の人は身長が低いので、身長の高い現代人は少し自分にあった物を選ばなければならない。

「前は寝巻きのままで、過去に戻ったから失敗だった。今回はこれでバッチリだ」

と上杉は少し自慢げに独り言を呟いた。

墓石を見た。ターゲットである女性は墓に明治二十五年三月十三日に十八歳で死亡と書かれている子だ。今回は死亡日にタイムトラベルするよりも、その時よりも少し前に戻る事でその子の事を知りたいと考えるようになった。

上杉は墓石に手を載せた。最初のタイムトラベルと違って、何回も練習しているので、過去に戻れる時間や場所もほぼ正確に調整できるようになっている。戻る時間は明治二十四年三月二日、つまり、死亡時間の概ね一年前だ。

又、体に卍が現れてきた。あの体中に卍ができる時の激痛には何回やってもどうしても慣れる事ができない。すでにいつものように化物のような卍だらけの怪物だ。この姿は親や兄弟にでさえ見せる事はできない。

「ぐががが、この苦痛は快感ではないな！」と上杉は苦々しく叫びながら、その体は液体となり、現代から消滅した。
・・・・・上杉は一瞬消えた意識が、また戻った。ここは？　場所はターゲットの女性から半径五十メートル以内で調整したはず。今、いるのは明治維新から二十年近く経っている東京の繁華街のど真ん中だ。
「危ないどけ！　どこにいるんだ！」と大声が聞こえ、その瞬間、上杉に乗合馬車が猛スピードで突進してきた。

「あ！　危ない！」と若い気の強そうな女性の声が聞こえてきた。

その時、上杉の手を強く引っ張る感触がした。若い女性の柔らかい手の感触だ。「ボケー」としていた上杉の体は強引にその女性によって、力強く引っ張られ、道路の脇へと運ばれた。

「お前、死ぬ気か！　この馬鹿野朗！」と乗合馬車の運転手は激怒して叫んだ。

「ごめんなさい！　ごめんなさい！　ごめんなさい」とその助けてくれた女の子が上杉の代わりに必死に謝ってくれた。

「あんた何をボケッとしていんのさ！　馬車軌道（鉄道のように馬車用のレールがひかれている）にボーッとカカシみたいに立っていてさ！」と女の子は苛立ちを隠さずに話した。

「ごめんなさい」と上杉は状況がまったく分からず、小さな声で話したが、その女の子の顔を見た瞬間にいつものように直感がビビッときた。間違いない。今回ターゲットにしている女の子だ。

「だったら、今度から注意しなさい」

「わかりました」と上杉は女の子の元気さに魅了されながら言った。

「もの分かりがよろしい事で、それにしても何かあんたの持っている物が面白そうね」

「あ、しまった。すべて置いてきたはずなのに、腕時計だけ忘れてしまった」

「それ、懐中時計？　そんなもん見た事ないわ」

そう言えば、この明治二十年代はまだ懐中時計が主流で腕時計はあるが、殆ど普及していない。まだ腕時計は珍物だ。おまけにこの腕時計は液晶技術等が使用されているので、明治時代の人からは超ハイテク物に見えるはず。

「なんかあんた不思議な人ね。今日、私は久しぶりの休日なの。暇だし、一緒にあそばない？」

「う、うん」と女の子に慣れていない上杉は照れながらも、先程と同じように手を引っ張られる感じで承諾した。

どうやら、女の子の名前は松野千代（すでに墓石で確認していたので知ってはいたが）、学校を卒業後、お茶を売る商店で働いているようだ。性格は元気で明るい。このような年頃の女子同様に「キャピキャピ」しているが、根はかなりの真面目ときている。この時代にしては男まさりと言われるかもしれないが、現代に照らして見れば、普通の元気な女子高生といった感じだろう。

「お茶しよう。お茶」と千代は若猫がじゃれるように話した。

上杉は手を繋いで、力任せに振り回されて、現代の時代劇に出てくるような和菓子屋に連れて行かれた。まだ、西洋風の喫茶店は殆ど無い。ここでも女性に慣れていない上杉はこれだけで心臓がドキドキし、はちきれそうな感じであった。

「私ってかわいい？」

「なんでそんな事聞くの？」

「だって、あんたの顔真っ赤だもん」

「違うよ。私の顔が赤いのは皮膚が元から赤いからだよ」

「イヒヒヒヒヒ、かわいい？」

千代は上杉の胸に横顔をスリスリしてきた。上杉の心臓はマスマス激しく鼓動してきた。これは非常にマズイ。倒れそうだ。

「冗談だよ。お馬鹿さん。女の子に慣れていないねえ」

「しかし、明治の女なのにこんな現代女性がやりそうな事をするとは珍しいタイプだなあ。それとも明治も現代も女は変わらないのか？」

「明治、現代って変な事ばかり言うねえ。時計も変わっているし、あんたの名前なんていうの？」

「上杉大輝だよ」

「頭も変だけど、名前も変だね。そんな名前聞いた事ないや」

「ほっとけやい」

「ご注文はなんですか？」とお店の店員がやってきた。

「熱い緑茶二つとおはぎ二つね。今日は私の奢りだよ」

「ありがたい。現代から明治時代の古銭を持ってくるの忘れた。あ、しまった。また変な事をしゃべってしまった」

「もう慣れたよ。頭のおかしな純情青年君！」

二人で緑茶とおはぎを食べながら、四時間程話した。彼女は常に元気良く振る舞って、自分の家族の事を話し始めた。弟は小学校一年生でとっても可愛くて、彼女のように人懐っこくて、皆に愛されているだとか、父親は病気がちではあるが、なんとか会社を経営しているだとか、母親は優しくて、綺麗でファッションセンスも抜群だとかそんなたわいもない雑談だ。

だが、彼女の顔をよく観察すると時折、すごく悲しそうな表情をする。あの明るい元気な顔の中に何か非常に厳しい現実に迫られているような顔をする。一年後に松野千代は脚気でなくなるのは確定した事実だが、彼女はそんな事を知るはずもない。

「よし、よく話した。すっきりした」

「私も女の子とこんなに話すのは初めてだよ。楽しかった」

「次は何をする。私の青春の為に考えて？」

「もう、日が暮れかけているから、そろそろ帰る？　両親が心配するよ」

「そうだね。私は女の子だもんね。明日、月曜なんで、またお茶のお店の店頭に立たなければならないし、早く帰りたいわ。でも、あんたとまた会いたい。来週、日曜日の正午にこの和菓子屋で待ち合わせしない？」

「いいよ」

「じゃあね、私の青春さん」と千代は笑いながら手を上杉に振った。

上杉も千代の姿が長屋の後ろに隠れるまで手を振り、その後、過去から意識をブルーの空間に飛ばした。

7

このブルーの空間は上杉にとっては安全で思考に耽る事ができる場所だ。慣れていない時はこの空間で意識を鮮明に保つ事が困難だったが、今ではそうでもない。過去から意識を消した時に一瞬で戻れる待避空間だ。現代に戻ると、過去へ行くのに再び卍の苦痛が訪れるので、ここからならターゲットの以前戻った過去より後の時代なら簡単にタイムトラベルする事ができた。

上杉はもしかしたら、松野千代に恋をしてしまったかもしれない。少なくとも恋とは言わないまでも、異性として多少の魅力を感じている事は確かだ。だが、上杉の今の目標は恋をする事ではない。墓石を通して、できるだけ多くの人間の不幸を救済する事だ。ましてや生きている時代が全く違う人間と恋する訳にはいかない。

気になっていた。あの千代の影が気になっていた。あの元気で快活で常にキャピキャピしているあの千代の顔から時折、暗い影が出る。あの明るさはすべてその影を隠すような演技と感じさせるくらいの暗い影。その正体はなんなのか？　脚気で後、一年で死ぬ事にはなるのだが、本人はその事を知るわけはない。それは影の原因ではない。上杉は考えていた。

とりあえず、待ち合わせの時間の来週、日曜日に行かなければならない。ここで深く考えていてもラチがあかない。考えるだけ体力を無駄にする。過去の時間は現在の時間の十分の一で済むが、その分、体力の消耗が凄まじい。このブルーの空間にいるのも例外ではない。上杉は決意し、意識を待ち合わせの時間と場所に飛ばした。

・・・・・・・・暫くの無意識の後、上杉は目をあけた。ここは前に千代と会った和菓子屋だ。ある時間からある時間への移動は一瞬なので、上杉にとっては一週間という時間は経ったように感じなかった。

時間は正午より十分前に設定してある。どうやら千代はまだ来ていないようだ。上杉は和菓子屋をボーッと見ていた。現代の和菓子屋のように近代的な設備はないが、あんまり変わっていない。それより、現代よりもかなり自然が豊かで、時代を感じる。雀や鳩だけではなく、様々な野鳥もいる。今では見る事ができないトキもそんなに多くないが見られるのも不思議な感覚がする。

「バアッ」と可愛らしい女性の声と同時に上杉の目が暗くなった。

「あれ、真っ暗だ」

「だあーれだあ？」

「僕の婚約者」と上杉はからかうように言った。

「婚約者？　違うよ。あなたの可愛い小鳥さんよ」と千代は言いながら、上杉の目から柔らかい手をはなした。

「今日は何して遊ぶ？」

「今日はままごとして遊びたい」と千代は笑いながら言った。

「子供みたいだなあ」

「だってまだ十七歳の乙女だもん」

「仕方が無いつきあってやるか」

千代は「ままごと」の道具を出し始めた。すべてブリキ製だ。プラスチックで作成されている現代の道具とはまるで違う。上杉は物珍しそうに見た。

「ままごとの道具、見た事ないの？」

「あるけど、ブリキ製とはねえ、いや何でもない」

「変わった人」と千代はクスッと笑った。

二人は若夫婦の役で「ままごと」をして遊んだ。上杉は千代に恋とは言わないまでも異性としての魅力を感じていたので楽しかった。千代が土で作るご飯や、草で作る野菜を食べるフリをすると、千代がはりきってオカズの種類を増やす。それを「美味しい、美味しい」と言って上杉が食べるフリをする。

それだけではない、千代は年頃なので、その「ままごと」は非常にリアルだ。結婚記念日に指輪を買ってと上杉にせがんでくる。上杉は必死に森に入って、木の小枝を上手く組み合わせて、指輪のような物を作って千代に持ってくる。

「ハイ、結婚記念日の指輪だよ」

「やり直し！　ただの木の輪なので愛情を感じない」

上杉は結構、丁寧に木の指輪を作成したのに、これでやり直しは二回目だ。どうしたら千代に木の指輪を受け取ってもらえるかを考えた末に、木の指輪に似合う綺麗な小石を川に行って探そうとした。一生懸命探したが、なかなか見つからない。すると千代の声が聞こえてくる。

「ご飯だよ」

上杉は十分程探したが、千代の声に従って、トボトボと申し訳なさそうに千代の元に戻ってくる。

「プレゼントの指輪まだかなあ」と千代が土と草で料理を作りながら、愛嬌のある声で聞いてくる。

「次は君の為に絶対に見つけてくるから」と上杉は何とかして見つけないと永久に

せがまれかねないと思いながら答えた。

上杉は指輪作成にすでに結構な時間が取られている。なんとか千代に気に入られるような指輪を作りたいと思って、今回は必死に探した。川の浅瀬の石の後ろを何回も見た。微妙に綺麗な石はあるが、どうしても満足できるものはない。困った。ここで手をこまねいているとまた千代からの「ご飯だよ」の声で帰らなければならない。

「あかん、また見つからん」と上杉が愚痴をこぼした。

その時、偶然、川の中で大きな鰻が飛び跳ね、砂や小石を撒き散らし、それらが水面に浮いてきた。その中には木の指輪にはめ込むのにぴったりな赤い美しい色の珍しい小石があった。

「これだ！」と上杉は喜んで叫びながら、その浮いてきた赤い石を手ですくい取った。

「見つけたよ、千代！　千代の指輪に似合う赤い美しい小石だ！」と上杉は遊びではなく、完全に本気になり、狂喜して走りながら、千代の元に戻ってきた。

そして、千代の前、小枝で作った木の指輪に精巧にその赤い美しい小石をはめ込み、千代に手渡した。

「綺麗な指輪ありがとう！」と千代は目を輝かせて喜びながら、自分の可愛い小さな指にはめた。

こんな事をして、二人は童心に帰りながら、楽しく遊び、十代後半の女と二十代前半の男とは全く思えない程、「ままごと」にのめり込んだ。二人はお互いに青春時代によく感じるような淡い恋心を感じていたかもしれない。

その後も、二人で森の枝や川の石を使って、新居を建てたり、上杉が病気のフリをして、千代がそれを看病したり、土で表現した子供を作って、新しい家族ができたとかそのような楽しい事を沢山し、数時間が過ぎた。

そろそろ夕方になり、日も暮れようとしていた。「ままごと」をもう終わりにしなければならない。

「もう、日が暮れそうだし、帰ろうか？」

「うん、でも、今日は私が普通の人でいれる最後の日だから、もう少し遊びたい」

「それ、どういう意味？」

「私、秘密にしていたけど、本当は小学校も卒業していなくて、中退したんだ」

「そうなのかあ」

「父親の会社が上手くいっていないんで、小学校低学年の時から働いているんだよ。私って偉いよね。エッヘン♪」

明治時代の小学校は現代と違って、貧困や親の理解が無くて、中退率も高かったとどこかの本で読んだ事を上杉は思い出した。

「それでね、明日から吉原の遊郭で働く事になるんだ。父親の借金返済と薬代の為なんだけどね」

「・・・・・・・・・・」と上杉は返す言葉が思い浮かばなかった。

「でもね、私の働く遊郭はね。待遇が良くて、白米が食べられるんだよ。羨ましいでしょ♪　私の家は貧乏だったから、東京でも雑穀や玄米しか食べられなかったからね。羨ましいでしょ？」

白米という言葉に上杉は敏感に反応した。この時代は脚気の原因がビタミンB1（チアミン）の不足という事を知らない。千代は今、白米を食べられると喜んでいるが、白米は玄米を精米して作られているのでビタミンB1（チアミン）を取るのが困難だ。

上杉は千代の暗い顔の意味となぜ一年後に死という過酷な運命に見舞われる理由を明確に理解した。なんとか千代を助けなければならない。

「子供の頃から働いてばかり、だから、同年代の友達もなかなかできなかったし、子供らしい遊びも殆どした事なかったんだ。今日は遊んでくれて、本当にありがとね」と千代は少し涙ながらに話した。

「じゃあ、もう少しだけ遊ぼうか?」と千代はイタズラな笑みを浮かべた。

「何をするの?」

「目をつぶって、最後に私の大切なプレゼントをあげる」

上杉はドキドキしながら目を閉じた。若い女性の大切な物ってまさかあれかと思った瞬間に鼻に少し痛みを感じた。どうやら、千代が上杉の鼻を指でコンパチしたようだ。

「アホだ。だまされてやんの♪」と千代は若い女性らしく笑った。

上杉は最初、あっけにとられた顔で千代を見ていたが、現代に帰る前にどうしても言わなければならない事があると思い出した。

「千代、君は一年後に脚気で死ぬ事になる。原因は白米による栄養不足だ」

「それどういう事？　私が死ぬわけないジャン。それに白米の方が栄養あるよ。アハハハハハハ」

「笑うんじゃない。真剣に聞くんだ。脚気の特効薬が発明されるにはまだ暫く時間がかかる。脚気になる前に、白米と同時に玄米を食べるんだ。わかったな？　約束だぞ！」

「いつも、いつも変な人ね♪」と上杉が冗談を言っていると思って千代は笑みを浮かべた。

「両親が心配するから、もう帰るね。それに明日は出発の日だから早く寝なけりゃ」と言いながら、千代は手紙を上杉に手渡した。

「これ何？」

「これ、私の実家の住所なの、時折、私宛に手紙を送って欲しいな。私がいなくてもその事は両親に言っておくから。休暇で家に帰ったら、必ず、返信はするからね。じゃあバイバイ！」と言いながら、千代は家の方へと歩いていった。

家の方へゆっくり歩く千代を見ながら、上杉は夕焼けの中一人取り残された。その手には千代から渡された手紙が強く握り締められている。上杉はとても心配だった。果たして、千代は上杉から言われた事を真剣に聞いて、実行したのだろうか？　それは現代に戻らなければわからない。

上杉は結果が非常に気になったので、すぐに現代に意識を飛ばした。千代がきちんと上杉が話した事を実行してくれたのかが、とても気になる。その手には過去から現代まで百年以上の月日が経過した事から、黄ばんだ古くボロボロになった紙が上杉の手に強く握り締められていた。

オソルオソル、懐中電灯で千代の墓石に光をあてた。最初、上杉は結果が怖かったので目を閉じて、なかなか開けようとしなかった。でも、いつかはその結果を知らなければならない。目を徐々に開けようとした。
・・・・・・・・・・、「昭和二十五年　六月三日　七十六歳で死亡」に墓石が書き換えられている。
上杉は安心した。どうやら、千代は上杉の言葉を真剣に受け止め、実行してくれたらしい。その時、また、若い女性の可愛らしい声が聞こえてきた。

「ありがとう、私の青春さん♪」

千代の声だ。上杉の心は幸福で包まれた。千代を遊郭から救い出す事はできなかったが、その死は救えた。救い出すには古銭ではあるが、大量の金銭を用意しなければならない。それは上杉にとっては相当な負担だ。そこまでは難しいとしても、命さえ救済する事ができれば、まだやり直しのチャンスはある。

「なんという素晴らしい能力だ！」

まだ二人の人間の墓石を書き換えただけだが、上杉はまるで神のような力を手に入れたように感じた。死ななければならなかった運命にある人間を救い出せたという事が心の中に自分への自信をもたせた。

「私は誰にもなる事ができない伝説の神人なんだ！」

清々しい風の中で、今夜のあかりが強い満月は、上杉の気持ちを鏡のように明るく照らしていた。

8

千代を救済してから、暫く上杉は墓石にアクセスせずに三日間は昼夜に関係なく、自分の部屋のベッドの中で寝ていた。この過去へのアクセスは異常に体力の消耗が激しい。過去の世界にいる時は緊張感が連続しているので体力の消耗には気づかないし、我慢する事もできる。しかし、現在の世界に戻るとその緊張の糸がプツリと切れ、暫くの間はどうしても数日の睡眠が必要になるのだ。

「んー、あー良く寝た！」と上杉は元気に叫んで起きた。

千代を救済して以来、自分への何か大きな自信ができた事もあって、麻酔事故後、大学へはあまり行っていなかった上杉は将来を取り戻す為に大学へ行こうと決めた。自信が将来への展望に繋がったのである。墓石にアクセスして、過去の人間を救済する事は重要ではあるが、自分の未来もきちんと考えなければならない。

それに大学へ行くのはもう一つの楽しみがある。上杉は大学には麻酔事故以来、五回くらいしか通学せず、授業もサボって大学内にある喫茶店で読書していただけなので、まだ友人、知人の誰にもあっていない。上杉が奇跡的に回復をしたという事を知っている友人、知人がいない。それを知らせる必要がある親友がいない事も原因である。そいつらを少しばかりおどかしたくなってきたというのも事実だ。

上杉は自分が回復して普通に走る事もできる姿を友人、知人に見せたくなってきた。もちろん、過去にアクセスできるという能力は親にでも隠さなければならない。

朝の支度をしていた。シャンプーとコンディショナーで髪を念入りに洗い、体をボディソープと専用タオルで洗って、髭も念入りに剃った。服も揃えた。でも、それだけでは何か面白くない。

上杉は帽子をかぶり、マスクをして誰だかわからないようにしてみた。これで、知人や友人が沢山いそうな授業に潜り込むのだ。そこで授業が始まるやいなや、すぐに帽子とマスクをとって皆を驚かせてやろうという計画だ。

しかし、すでに意識不明やリハビリ等でかなりの時間を経過しており、同時期に入学した人間は大学の単位を殆ど取り終わっている可能性が高い。だから、授業に出席している人間もかなり少なく、そんなに沢山の人間を仰天させられないのが悲しい点だ。一番の狙い目は必修科目で必ず単位を取らなければならないが、取るのが難しい先生が教えている受講人数が多い授業だ。それは今日の朝十時からおこなわれる。

上杉は身支度を急いだ。このビックリ計画は今日の朝、イタズラ心から急に生まれたもので、取り立てて準備をしっかりとしてきた訳ではない。

「いってきまーす」

「いってらっしゃーい」と母親の元気で陽気な声が返ってきた。

上杉は黙々と一人で色々な事を考えながら、大学に向かっていた。助けた千代はあれから遊郭に入って、どのような人生を歩んだのだろうか？　墓石から若死にを避けられた事は確実だとわかったが、それ以上の事はわからない。幸福な人生だったのだろうか？　それとも不幸な人生だったのだろうか？　寿命だけではわからない。ただ、十八歳で死ぬ事よりは確実に幸福だろうという事は理解できた。

千代に恋しているかどうかはわからないが、これ以上に千代と関わる事はできないとも感じていた。生きている時代が違う人間がずっと一緒にいるわけにはいかない。

千代はあの時代に精一杯生きる必要のある人間、上杉は現代を必死に生きなければならない人間だからだ。生きている時代が違う。

そうこうする内に、どうやら大学に着いたようだ。それも目的の授業が始まる十五分前だ。授業が行なわれる教室に行かなければならない。

「この教室なつかしいなあ」と上杉は感慨深く、独り言を呟いた。

授業が始まったようだ。この先生は昔から聞いていたように黒板に謎の文字を書いている。とても読めるものではない。高校時代の教師はまだ授業を熱心にしていたような気がする。全員が熱心ではないのだが、大学の先生より平均を比べるとかなり熱心だと思う。おまけに、この先生、テストは難しく単位はくれないで有名なのだ。

こういう先生は大学しか通用しない社会不適合者の人が多い。自分の頭が正しいという自分視点からしか物事を考える事ができない。人がどのように正しいとみるか、どのように人に気遣いをするべきかを理解していない。

　上杉は授業を聞きながら、帽子とマスクをいつはずそうか悩んでいた。最初はすぐにはずそうかと考えていたが、もっと良いタイミングはあるのではないかと感じてしまったからだ。どうせなら、もっと皆をビックリさせたい。

　無意味な誰も聞いていない呪文が教室内にこだまする。学生はこんな先生の授業をまともに受講するつもりはない。明らかに出席のカウントを取りたいだけの学生が沢山いた。難しく単位はくれないし、しかも出席が一定数に満たないと単位が取れない。先生は社会不適者。学生が集まるのは必修で、これを取らないと卒業できないのが、授業に出る理由。

　それでも、大学の先生の給料は世間の一流企業の社員と変わらない。一流企業の社員はその先生の何倍も働いているのに・・・・。

そんなしょうもない事を考えながら、上杉はどうしようか考えていた。取りあえず、周りを見回した。殆ど知らない人間だ。だが、僅かに五人程度知っている顔がある。出席者は百人程度だが、知っている人間は五人程度だ。詳しくは友人というより、顔見知りの知人という人間しかいない。

上杉はスマホを取り出し、堂々と授業中にいじりだした。それも先生の顔をじっと見つめながらだ。先生はどうやらその姿に気がついてはいるようだが、無視して、何かをペラペラとしゃべっている。

ここで諦めるわけにはいかない、ひたすらラブコールを送り続けなくてはいけない。無視されても粘り強く、スマホをいじり続けながら、先生にひたすら視線をあわせた。しかし、先生はスマホをいじっている学生を見慣れているので、よほどでなければ注意しないようだ。いちいち注意していたのでは、授業が成立しない。またもや、無視をしている。

上杉は工夫し、満面の笑みを浮かべて、先生を見ながらスマホをいじり続けた。先生は顔に怒りの表情が表れた。スマホをいじるだけならともかく、満面の笑みという表情にはどうやら耐えられなかったようだ。

「君、スマホを触るのをやめなさい！」と先生の声が聞こえてきた。

上杉はその声で教室に皆の注目が集まったと同時に帽子とマスクを取った。果たして、知人はどのように反応するのだろうか？

予想通り、その時、周りから、ガヤガヤと声が聞こえてきた。

「あれは、見た事ある顔だぞ。誰だっけなあ」

「名前は思い出せないが、何かの事故で意識不明になった奴だ」

「上杉だ。上杉に違いない。どうなっているんだ？　奇跡か？」

周囲がにわかに騒がしくなってきた。

上杉は満足そうな表情になって、スマホを鞄の中にしまいこんだ。後は授業を聞くフリをしながら、周りの驚きの声を聞くのが楽しかった。

「幽霊かな？」

「幽霊じゃないよ。俺だって見えるもん」

「アホか幽霊は霊感が強かったら、誰でも見えるんだよ」

伝説の神人になれたんだから、あんたらが見ているのは本物の幽霊とそんなには変わらないよ。あんたらは過去に戻れるのか？　そんな事は知りもしないだろうと思いながら、イタズラ成功と子供っぽい笑みをうかべた。

「静かにしなさい」と先生の声が聞こえてきた。

教室は静かになった。時折、上杉をチラチラと見る視線とヒソヒソ声以外は元通り謎の呪文が聞こえてくるいつもの授業となった。

暫く後、「今日はここまで」と先生は授業の終わりを告げた。ガヤガヤと学生の声が聞こえてくる。周囲が騒がしくなる中、上杉はノートやシャーペン等の文房具を筆箱の中にしまい込み、教室から出る準備を始めた。すると知人の何人かが近づいて来た。

「上杉、元気になったんだな！」と明るい元気な声で大学一年時、ゼミの元メンバーである荒本が声をかけてきた。

「ありがとう。三途の川から泳いで帰ってきたよ」

「それにしても元気になってよかった」

上杉は友人でもない顔見知りの知人がこんなにも関心を持ってくれているとは思わなかったので本当に嬉しかった。

「凄いなあ。本当に良かった。本当に神様に感謝しなくては」と一緒に昔、よく授業をうけていたが、サボリ癖のある一年留年した福田が話しかけてきた。

「ありがとう、俺も助かってこんなに元気になるとは夢にも思わなかったよ」

「おまえがいなかった数年で世の中はだいぶ変わったんだぞ？」

「変わったって？」

「おまえがファンの三人姉妹女性アイドルグループ、ショコラ娘も半年前に解散したんだぞ？　知らないだろう」と得意そうに福田は話した。

「知っているよ。意識が回復して、数ヶ月経つんだぜ」

「そうか、そんだけ時間が経っているのか？　そりゃ知っているだろうな。ファンだもんな」

「それにショコラ娘って三人だっけ？」と上杉は不思議そうに聞いた。

「三人だよ。おまえボケてんのか？　まあ仕方が無い。年単位で寝てたんだもんな」

その後、その知人達と昼食を一緒に食べた。懐かしい学食だ。決して美味しいとは言えないが、不味くもない格安の三百九十円のチキンカツ定食。普通の学生ならば、決してありがたくはないのだろうが、このような苦労をしていた上杉にとっては、とてもありがたく感じた。

まだ、意識不明から約二年、リハビリ期間等を含めてもそれより少し長い時間しか経ってはいない。知人達と話していると少し、世の中は変化しているようだが、大きな変化はなく、同じ世界の中にいるように思えた。これが数十年意識不明であれば、世界は大きく変化しただろう。この同じ世界にいる事が上杉にとって嬉しかった。

帰り道、知人達の思いもよらぬ関心と愛情に触れて、元気満々に帰り道をルンルンと歩いていた。気になる一点を除いては・・・・。

「どうみてもショコラ娘は五人姉妹だろう？　福田は寝ぼけているのか？」と上杉は不満そうに呟いた。

ショコラ娘は五人姉妹で、全員が同じ両親から生まれた美人グループだ。少子化の日本では珍しく、更に全員が美人という事で注目を集めていたグループ。三人のはずはない。これはどうみてもおかしい。ファンであるのに間違うはずがない。

上杉は一抹の不安を感じたが、大学での知人との再会の喜びや彼らと住む世界が変わっていないという実感が幸福感を呼び起こし、その日はどうせ福田の記憶違いと考え、それ以上は気にならなかった。

9

暫くの間はいつものような幸福な日々が続いた。あの日以来、ショコラ娘の数が何人いるかというのは気にならなかった。上杉は確かにショコラ娘のファンだが、毎日、情報を手に入れているわけではない。それに、ショコラ娘も好きな芸能人のほんの一部であり、好きな芸能人はまだまだ沢山いる。おまけに、既に解散しているので、関心も薄くなってきている。

しかし、テレビを見ていると、どうしても何かがおかしいのだ。今まで記憶していた芸能人の趣味、学歴、過去についた事のある仕事や子供の時に住んでいた住所等が少しではあるが、変化しているのである。上杉はマニアとは言わないまでも、芸能界に関心があり、暇な時はテレビやネットで確認して、色々な情報を知っている。

何か悪い予感がしてきた。過去を変えてしまった事が現代に大きな影響を与えてしまったようだ。上杉はファンなのでショコラ娘五人の名前をすべて言える。

「松田林檎、松田葵、松田向日葵、松田桜子、松田桃子」と上杉はその存在すべてが確認できるように、福田の記憶違いでありますようにと祈って、パソコンで調べ始めた。

しかし、いくらネットで探しても、松田向日葵と松田桃子の二人の名前を見つける事ができなかった。福田の言ったとおりだ。ショコラ娘は三人に変化している。それだけではない。同じ両親に生まれた五人が三人になっている。二人の存在が完全に消えている。

上杉は過去の世界に戻って、本来は死ぬべき運命であった二人の人間を助けている。九歳で川に溺れて大正時代に死ぬ運命だった男の子と明治時代に脚気で死ぬべき運命であった松野千代だ。墓石にアクセスし、過去を変更したのが原因で男の子は平成、松野千代は昭和まで生きている。

この二人の生存が現代に大きな影響を与えたようだ。その他にも上杉は過去にアクセスしているが、実験的な物であり、別に大きな事は何もしていない。ただ、墓石をアクセスして過去に戻る能力がどのような物か確認していただけだ。ほぼ何もしていない。

上杉は思いもよらない事が起こってしまったと感じた。本来は純粋な人助けのつもりで二人を助けたが同時に二人の人間の存在が消えている。芸能人の中でしか確認する事はできないので二人だが、もっと多くの人間の存在が消えているかもしれない。それに生まれてくる可能性がなかった人間が生まれてきていると考えられる。

九歳の男の子や松野千代を助けた事で彼らは結婚し、子供を産み、そのまた子供も孫を生む。本来はこの彼らの子供や孫は生まれる可能性がなかった人間だ。九歳の男の子や松野千代の過去が変化し、長寿を獲得した事で起こった変化だ。

本来、存在しなかった九歳の男の子や松野千代とその子孫が現在に影響を与えたのだろう。例えば、彼らとその子孫が存在する事でショコラ娘の両親の親戚に友人として影響を与える。それがショコラ娘の両親の結婚年齢に影響を与え、松田向日葵と松田桃子の存在が消滅してしまうというのがある。

その他にも彼らとその子孫が存在する事で、就職面接で誰かが代わりに落ちてしまった。それが無ければ、本来は職場結婚できた人間が親からのお見合いを受けて結婚する。それで結婚相手が変化してしまったりするのもその例だ。

上杉の友人に列車脱線事故に巻き込まれずに助かった友人がいた。その友人が電車に乗り込もうとする瞬間に事故を起こす電車に太った中年の女性が猛烈なスピードで駆け込んできた。それに驚き、その友人は急ぐ必要もなかった事もあって、次の電車に乗った。

だから、その女性は事故に巻き込まれたが友人は助かった。もし、その女性が彼らとその子孫と知人で、おしゃべりをして、電車に乗り遅れたのなら、友人が事故に巻き込まれただろう。このような例が無数に推測できる。

まさに仏教でいう縁起だ。あらゆる現象は無数の事柄と相互に関係しあって成立している。その僅かでも違えば、すべてが違ってくる可能性があるという事だ。

上杉は心に強い罪悪感をもった。純粋な人助けで二人の命を救ったはずなのに、シヨコラ娘を二人殺してしまった。それも殺された事に上杉以外の人間は誰も気づいていない。もし、他の人に話さなければ、この能力は過去を変えた人間だけが過去を変える前の世界を唯一知っている人間になれるというのも理解できた。

それならば、九歳の男の子や松野千代は見捨てるべきなのか？　もし、助けなければ、過去の変化は著しく限定され、殆ど影響を与えなかった可能性が高い。だが、あの二人の人生はあまりにも悲しい。神が存在しない証拠と言えるくらいだ。この悲しい命は見捨てられるべきなのか？

現代の人間は生の背後にあるこのような死を認識しているのだろうか？　現代の生は過去の誰かの死によって成り立っている。その人の死が存在しないと現代の生は保証されない。更に、その死から発生する無限の存在の消滅も意味する（死んだ人からは未来において無数の子孫が生まれない事）。

「九歳の男の子と松野千代は死ななければいけない人だったのか？」と上杉は悲しそうな瞳を千代からもらった古くて黄ばんだ紙に向けながら言った。

今からでも存在が消えたショコラ娘二人を助ける事はできる。上杉の能力を使用すれば、あの二人と最後にあった時やそれ以前には戻れないが、次の日には戻れる。

「殺したショコラ娘を助けにいかなくては！」と小さく呟きながら、上杉は台所に向かった。そこから、一番大きな包丁を取り出して眺めた。これで九歳の男の子や松野千代と最後に会った次の日に戻り、あの二人を刺し殺せば、ショコラ娘二人を助ける事ができる。自分が起こした殺人の責任を自分で取らなければならない。

上杉は何度も何度も包丁を眺めた。だが、九歳の男の子と松野千代の元気でかわいらしい声を思い出すと包丁を手にしていた力がなくなっていった。

「なんであの二人が死ぬ必要があるのか理解できない。世の中は神も何もいない！」

と絶望しながら呟いたと同時に手にした包丁が落ち、床に突き刺さった。

１０

あれ以来、上杉は過去に戻る能力を使う気にあまりなれなかった。現代を殆ど変えないように注意して、過去を観光するだけの事もできたが、どうも力がでない。しかし、現実の世界に適応するべく大学だけには普通に授業へ出て、普通の生活を送っていた。過去を変えるというのはこれ程、深い意味があるというのを考えながら。

現実の世界は絶対に過去を変える事はできないが、それができる能力を上杉は手に入れてしまった。それも、その副作用も明確にショコラ娘の件でわかってしまった。

これは上杉が現在の世界を守るべきか、それともより良い違った現在や未来の為に過去を変えるべきか難しい選択になる。過去が変わると現在、生きている人の存在に関わり、それは未来にも影響する。現在を守る為には九歳の男の子や松野千代には死んでもらわなければならない。この二人は不幸の塊ではあるが、死ぬべきなのだ。現在の人々の命を守る為には。

だが、現在の人々はそうなる可能性があった違う世界の人々と比べて優れているのか？　ショコラ娘二人の命は九歳の男の子や松野千代の命よりも優れているのか？優れた命が生きるべきであると考えるのであれば上杉も積極的に過去を変えるべきである。

人間の命に優劣があるなら、死んだ人間の素性を細かく調べて、生きるべき人間に長寿を与える事で世界はより良くなるだろう。例え、現在の人間のかなり多数（善人も悪人も含めて）が消滅しても、全体的にはより良い違った世界になるだろう。

副作用もあるが、過去を変える事は絶対にできないという現実が変化した今、上杉はどちらの道にいくのか悩んでいた。過去を神や運命しか変えてはいけない物。神聖化し、絶対化する事で現在を頑なに守るべきか？　それとも違ったより良い世界になる為には過去を変化させ、消滅してもらう必要がある人間がいるべきと考えるか？

上杉は神のような事ができる後者の考え方に共感はできても、それを実行する事に抵抗感があった。それは上杉も現在の人であるからだ。あまりにも過去を変化させると上杉自身の存在も消滅する可能性はある。だから、過去を守りたい。自分の為に守りたいのだ。上杉はそうなる可能性があった違った世界の人間と比べて、自分の事を優れているとは思ってはいないし、生きるべき人間とも思っていない。ただ、生きたいという本能がそうさせるのだ。現在の生存が安定した世界を望むのだ。

その他にも強い副作用があるのに、過去を変える資格が上杉にあるかどうかも疑問だ。過去を変えるという正当性がない。何の権利があって過去を変える事ができるのだ？　過去は神や運命が関わる事が許される世界であって、人間が関わる世界ではない。能力があっても、許されない事は沢山ある。能力と正当性は違った物だ。

このような事を深く考えるたびに気が滅入る。暫く、過去にもどる能力を使ってはいなかったが、現在に殆ど影響を与えないようにして、過去を観光する事ぐらい許されるだろう。最後に過去に戻ってから二ヶ月程の時間が経っており、深く考えすぎている。気晴らしが必要だ。

上杉は深く考える事を止めて、パソコンのインターネットで有名人を検索して遊んでいた。過去に戻れるなら、今の時代では会えない有名人に会いたいと思ったからだ。

今の時代にはすでに伝説的になっている人物が過去の世界には沢山いる。伝説的なボクサーに歌手に俳優・女優、プロ野球選手に政治家や科学者等だ。

現在よりも、過去には優れた人物が沢山いるというつもりはない。ただ、現在よりも憧れの人物が沢山いる事は確かだ。過去の人間は神格化されやすいという側面もあるが、同時にもう会えないという感覚は心に哀愁を呼び起こすからだ。

ネットで探しているうちに、尊敬しているのは外人が多い事に気づいた。アインシュタイン、ダーウィン、ドストエフスキー、ナポレオン等だ。外国語が得意ではないのと墓が海外にあるのでこういう人達と過去で接触するのは難しいと感じた。

更に探し続けていると一枚の写真を見つけた。それも見つけた瞬間に上杉に「ビビッ」と電撃が走った。

「美人、それも凄まじい美人だ」と上杉は目を丸くして呟いた。

それは完全な一目惚れだった。まるでその優しく、清楚で強い意志を持った瞳に吸い込まれるような感覚。このような感覚は生まれて一度もない。

名前を調べてみると坂井麗子という昭和の大女優だった。昭和十六年に生まれ、若くして成功し、女優として有名になり、富と名声を確立している。それ以上は調べていない。九歳の男の子や松野千代の事例を反省して、それ以上、彼女の人生を調べるのは止めた。知ってしまうとその人の人生に深く関与してしまう可能性があるからだ。強烈な副作用が判明した今、過去を積極的に変える事は考えられなかった。

「なんとかこの昭和の大女優と仲良くなりたいなあ」と上杉は彼女の写真に魅惑されながら呟いた。

死後、かなりの時間が経過しているにも関わらず、インターネットではファンのサイトが沢山ある。上杉の祖父・祖母世代の老人がファン層の中心のようだ。老人が一生懸命にパソコンを勉強して、写真等をブログにのせているのだろう。

もしかしたら、こんなにも有名なら、少し世代が違う父や母も知っているかもしれない。上杉は非常に気になっていたので、この昭和の大女優の事を父や母に聞いてみようと心に決めた。詳しく聞くのはその人の人生に深く関与してしまうので、そんなに聞くつもりはないが、その昭和の大女優を知っているかどうかくらいは聞いてもよいだろう。

上杉は自分の部屋から出て、居間でのんびりくつろいでいる両親の所に向かった。父、母はお互いに肩をもみ合いながら、昔懐かしい昭和の歌番組を見ている最中だ。

「坂井麗子っていう女優知っている?」

「知らない人はいないよ。綺麗な人だったな。絶世の美人だった」と父親は鼻の下を伸ばしながら、話した。

「そんなに有名なんだね。僕の祖父・祖母世代の人間だよ」

「そりゃ、あれだけの美貌を持って、若くして成功し、若くして死んだんだからね。昭和芸能界では超有名人物よ。おまけにこの寺に墓があるしね」と母親は瞳を輝かせて話した。

「この寺に墓？」

「へんな事しゃべるなよ。またこいつが興味を持っちまうじゃねえかあ」と父親は嫌そうに喋った。

「別にかまわないじゃん。墓がこの寺にあるって言っても」と母親は楽しそうに話した。

「俺も長い間、寺の住職をしているんだが、あの坂井麗子の墓だけはどうもダメなんだよ。すごい怨念を感じるんだよ。あの墓には絶対に近寄ったらあかんぞ。大輝！」

「わかった。近寄らないよ。ただ、パソコンで写真を見て綺麗な人だと思ったから聞いてみただけさ」

上杉は霊感があまりない父親らしくない言葉に少し驚きながらも、昭和の大女優、坂井麗子にますます興味を持った。なんとかして、会いたい。会って話をしてみたいと強く心に思った。一目惚れした恋心の感情は強く、父親の警告も耳には届かなかった。

一週間後の夜中、上杉は坂井麗子に会う事を決めた。もちろん人がいない夜中に行動する。今回は過去の世界でどのように彼女の心を射止めるかが目的となる。この恋を叶えたい。だが、過去を変える事はできないので深入りは許されないし、彼女を若い死から救済するつもりはない。歴史を変えるつもりはない。ここらのバランスが難しい。

その日、上杉はウキウキした気分だった。あの美しい坂井麗子の墓がこの寺にあるとはなんという幸運だろう。会話も交わす事ができるのだ。なんという幸せなんだ。それ以外の事を上杉はその日、殆ど考えられなかった。

１１

夜中の二時だ。あれから一週間経ち、坂井麗子と会う予定の日だ。過去に戻る日は昭和四十三年十二月九日と決めている。あの有名な昭和の三億円事件の一日前だ。その日を選んだ理由は有名な女優の彼女を口説き落とす為にはそれなりの工夫が必要であるからだ。

昭和の後期にあたる時代に戻るので、服装は現代と同じでかまわない。多少、現代的でモダンな感じがすると言われるかもしれないが、明治、大正と違いそれほど気にする事はない。今、着ている服で対応する事ができる。準備ができた。

懐中電灯を持って、父から聞いた坂井麗子の墓へと向かった。真夜中の暗い寺、いつものような不気味な空気が漂う。空気は不気味なのだが、上杉の心は今から恋人に会うような気持ちで愉快であった。

坂井麗子はどんな人なのだろうか？　優しい人なのだろうか？　自分を持っている人なのだろうか？　知的な人なのだろうか？　どんな音楽が好みで、どんな服装をしており、どんな香りがするのだろうか？　写真は優しく、清楚で意志が強そうな感じであったが、実際はわからない。上杉の想像力は子供のように、ますます膨らむばかりだ。

そうこうするうちに坂井麗子の墓の近くと思われる場所についた。しかし、そこには多くの墓があり、目的の墓が見つからない。懐中電灯を使用して、色々な墓を照らしてみたが、それらしき物は見つからなかった。

「どこにあるんだよ。その墓は?」と上杉は不満そうに呟いた。

その時、上杉の眼前にある墓から、世の中を凄まじく呪う強い怨念を感じた。言葉こそ話さないが、強い人間不信で、もう世の中とは一切、関わりたくない。ここで誰とも関わらずに静かに眠りたい。それを妨げる人間は絶対に許さないという強い意志を感じた。その怨念の強さからか、草等の植物が茂っている季節にも関わらず、坂井麗子の墓だけはそういった植物が生えていなかった。

「とうとう見つけたぞ!」と上杉は冒険者のように呟いた。

その墓は昭和の大女優に似つかわしくなく、とても寂れていた。花が一つも飾られていなく、線香もあげられた形跡も全くない。今でもあれだけ多くのファンがいるのに墓の場所自体が知られていないと思われた。親族が世間に公表していないのだろう。上杉は少し不憫に感じた。

墓を手で触って、霊力を使用した。いつものように無数の卍が浮かびあがる。この苦痛は慣れなくて、辛いのではあるが、今回は一目惚れの女性だ。この苦痛も忍耐する価値がある。上杉の意識は一瞬飛び、再び過去に遡った。

「ここはどこだ?」と上杉はハッと気がついた。

大きな屋敷が目の前に建っている。坂井麗子との距離は松野千代の時と同じく、半径五十メートル以内と設定してある。時刻は夜八時だ。普通で考えれば、ここが坂井の家である。辺りを見回したが、高い壁ばかりで正門が見つからない。坂井の家と思うが、その確証がない。

暫く、家の周辺を歩いたが、高い壁がずっと続いていて、時間ばかりが無駄に過ぎていく。なおも諦めずに歩いていると壁の近くに高級車が駐車してある。間違いないあそこが正門だ。暫くすると、高級車の中から身長の高いスラリとした女性が家の中に入っていくのが見えた。車もその女性を降ろした後、すぐに走り去っていく。

上杉はチャンスだと思った。今なら、確実に坂井麗子と話す事ができる。仕事から帰ってきたばかりの様子だった。正門のインターホンのボタンを押した。すると家政婦らしい女性の声が聞こえてきた。

「どなた様でしょうか?」

「坂井麗子さんの古い友人です。少し坂井さんにお話がありまして」

「お名前をお聞かせください」

「上杉大輝です」

「少々お待ちください。奥様を呼んできます」

家政婦はその場から暫く離れて、坂井麗子に上杉大輝が面会に来たと伝えた。

「奥様はそのような方とはお知り合いではないです。帰ってください」

「会えば、私の事を思い出しますよ。小学生時代の友人ですからね。会わなければわからないですよ」

家政婦は再び、坂井麗子と話をする為に居間の方に戻った。

「奥様がお会いになるとの事です。門は開けますので、玄関でお待ちください」

上杉はドキドキしながら、待っていた。写真では坂井麗子を何度でも見た事はあるが、実際にはない。緊張と期待を同時に感じながら、待っていた。すると、部屋の中からジーンズと青いセーターというカジュアルな恰好の殆ど化粧をしていない女性が玄関にゆっくりと歩いてくる。

「どちら様ですか?」と女性は上品に話しかけた。

間違いない。薄化粧でこの完璧な美貌と気品、確実に坂井麗子だ。心臓がその美貌の為に「ドキドキ」とはち切れんばかりだった。

「私は未来の世界から来ました。名前は上杉大輝。あなたと交際したいです。それを信じてほしい為にここに来ました」

「小学校時代の旧友というのは嘘ですか?」

「すみません、そう言わないとあなたのような有名人には近づく事ができないと思いましたから」

「私は詐欺師には騙されないですよ」と坂井は警戒心を露骨に表しながら話した。

「昭和四十三年十二月十日、つまり、明日、現金輸送車が白バイに乗った偽隊員によって、約三億円の現金が奪われます」

「どうせ新手の詐欺師でしょ。帰ってください」

「日本中で大騒ぎになります。これ以上の詳細な事は歴史を変える事になるので話す事はできません」

「帰ってください。警察を呼びますよ」

「もし、この予言が的中し、私に興味があるなら、昭和四十七年二月十八日の午後八時にこの家に居てください。次も日本の大事件の一日前です。あなたはとても美しい。だから、少しでも仲良くなりたい」

「本当に警察を呼びますよ」と坂井は気品を崩さず、強い口調で言った。

上杉はこれ以上、ここに居ると本当に警察を呼ばれかねないと感じ、すぐに帰る事にした。

「話を聞いてくれてありがとう。昭和四十七年二月十八日の午後八時に再び来ますので、忘れないでください」

上杉は坂井の家の門を出てから、意識を約束の時間に飛ばした。予言は的中するのは確実だが、果たしてそれで坂井は上杉を詐欺師と思わず、本当に未来の人と信じてくれるだろうか？　それはわからないが、無名の一般人が美人の有名女優に興味を持ってもらうにはその方法しかない。
・・・・・・・・・・今、昭和四十七年二月十八日、午後八時だ。時間旅行した上杉にとっては殆ど何も変化していないが、坂井には約四年の時間が経過している。
四年前と殆ど変わらない家の門に再びやってきた。正面のインターホンを押してみたが、今回は家政婦が出てこなかった。坂井麗子が直接、門から出てきたのだ。

「四年間も待っていましたよ。稀代の詐欺師さん♪」と坂井は強い好奇心を表しながら話した。今回、警戒心は殆ど持っていないようだ。

「四年も待っていただいてありがとうございます。普通の人ならとうに忘れていますからね」

「あなたが予言者か、稀代の詐欺師かは明日で決まりますからね」

「どうやら予言が的中したようですね。私はあなたにとっては未来からきた人ですから、予言が的中するのは当然だからね」

「今日はあなたと二人でいたいので、夫には外出してもらっています。あのような浮気癖のある夫なら、その方が喜びますけどね」

坂井は上杉を門から玄関に案内し、居間に座らせた。居間は中世フランスの絵画や西洋の暖炉があり、写真で見たヨーロッパ貴族の居間を思い出させた。

「明日、あさま山荘事件が起こります。連合赤軍のメンバーが山荘で人質を取り、立てこもります。これが予言です」

「その予言が当たったら、私はあなたと交際してあげるわ。姉と弟の関係という意味でね」

「姉と弟の関係？」

「そりゃそうよ。だって私は浮気癖のある夫ですが、愛されていますしね。今、とても幸せです」

「それでもいいよ。綺麗なお姉さんが欲しかったんだ」

上杉は心の中でまさかと思った。予定では、独身の坂井麗子と交際する事を考えていた。それに坂井麗子の事は歴史を変えないようにする為にできるだけ深くは調べなかった。家の表札も坂井のままだったので、独身と思い込んでしまったのだ。

「家の表札は坂井のままですが？」

「少し前に結婚したので、表札が同じままなんですよ。そろそろ新しいのを買わないといけないですね」

その後、坂井と上杉はすぐに打ち解けた。予定通り、あさま山荘事件が起こったが、二人にとっては当然起こると考えており、話題にもならなかった。話題は人生観や趣味の絵、相思相愛だが、浮気癖のある夫への不満等であった。特に坂井麗子は自分の未来がどうなっているか上杉にひつこく聞いた。

「私って、将来どうなっている？」

上杉は数少ない情報の中で、若死にする事だけは知っているが、それだけは絶対に言えないと思った。

「幸せに暮らしているよ」

「どういうように」

「だから、幸せに暮らしているよ」

「具体的に教えてよ。子供が何人いるとか、何歳まで生きるだとか、アメリカのハリウッドでも女優として名声と富を確立しただとか」

「未来を変えるわけにはいかないので、具体的には言えないんだよ」

「仕方ない。あなたの立場も理解するか」

とうとう坂井麗子は未来の事を上杉に聞くのを諦めたようだ。上杉は安心した気持ちになった。これ以上、彼女に未来の事を突っ込んで質問されると若死にする事をゲロってしまうかもしれないし、更にはもっと深く彼女の事を調べかねない。

会話は上杉にとって本当に楽しかった。年上の女性への一途な片思いであるが、坂井麗子はそれを理解してくれて、楽しんで会話してくれる。上杉にとっても絶世の美女に未来を知っているという小技をしようしたが、自分にこんなに興味を持ってくれることは思わなかった。その日、その吸い込まれるような瞳に上杉は抵抗できなかった。

12

その日以来、上杉は月曜日から金曜日までは真面目に大学に通い、金曜日の夜中から日が明けるギリギリまでは坂井麗子の墓にアクセスし、彼女と交際した。その為、土日は体力を回復させる必要があるので、丸二日間、熟睡状態であった。それが一ヶ月も続いた。この頃には墓石へのアクセスもさらに慣れて、卍や苦痛もなく、墓石に触れるだけですぐに過去へと戻る事ができるようになった。

「お前なんか異常に痩せてきていないか？」と父親は心配そうに聞いた。

「別にそんなに体重も変わっていないと思うけど」

「目にクマがあるし、何かあったのか？　おまけに毎週土日は何もせずにひたすら熟睡している」

「何でもないよ」

「なにかの幽霊に精力を吸い取られているようだぞ」

「金曜日の夜中に徹夜でテレビゲームをしているだけだよ」

「それならかまわないが、少しは自重したらどうだね」

「わかったよ」

上杉は人生で初めての一目惚れに夢中だった。相手は死者、それも過去で接触をもっているだけなので、この恋愛は実る事は絶対にない。それでも夢中だった。これが現代の生きた女性との恋ならば、人生を賭けていただろう。それに坂井麗子は本当に優しい女性だった。数日前に会った時、彼女は三匹の子犬を家に連れてきた。

「この子犬どうしたの?」と上杉は不思議そうに話した。

「かわいそうなので、拾ってきたの」

「どこから?」

「ゴミ捨て場から拾ってきたの。ゴミ袋から小さな鳴き声が聞こえてくるから」

「坂井さんって本当に優しいんだね」

「そう言われるととても照れくさいわ」

「でも、本当にこの子犬を育てられるの?」

「なんとか育てられるわよ。お腹の中に赤ちゃんがいるし、その予行練習よ」

その美しい手が子犬の頭を撫でているのを見ると、上杉も一緒に撫でてもらいたくなった。

「私も手伝うよ」

「男の人にそんな器用な事ができるかな？」

「これでもセキセイインコの雛をちゃんと育てたんだよ」

「鳥と犬は違います」と坂井は上品に笑った。

上杉は男女の関係に入りたかったが、坂井は夫を愛していたので、笑いながら巧妙に避けていた。年下の男子が純粋に愛してくれているのを楽しむのが好きだった。それに反して、上杉は必死に追っていた。もちろん、彼は歴史を絶対に変えるつもりはないので、子供はできないようにするし、夫との関係も潰す気はない。ただ、愛したいだけであった。夫との関係が破綻しないように男女の関係に結び付けたかった。

「芸能界ってどんなところなの？　華やかで楽しそうだけど」

「周りからはそう見えるかもしれないけど、厳しい世界よ」

「どんなところが？」

「激しい競争が死ぬまで続くから」

「どういう意味？」

「今日のトップスターが、一年後には誰にも相手にされない。未来でもそうでしょ？」

「すぐに消える一発屋芸人もいるので、あんまり変わらないなあ」

「私は今の日本のトップ女優だけど、まあ、上杉君にとっては過去になるけど、それを維持する事って結構しんどいんだよ」

「どのように？」

「秘密♪」

「教えてよ」

「好きじゃない人とも仲良くなるという事よ。自分を抑えてね」

「そんな事は大学生の私だって普通にやっている事だよ」

「それの大人バージョンよ」と坂井がこれ以上はこの話題には触れてはいけないように話した。

上杉はその深い意味を理解したわけではないが、坂井の表情から、なんとなくこのような話題には触れてはいけないと感じた。彼女の顔に薄っすらと暗い雰囲気を感じ、部屋の空気も澱んだ。

「テニスが上手なんだね。坂井さん」と上杉は空気を変えるために話した。

「そんな事ないよ」と顔を赤らめて坂井は話した。

上杉は三十代前半の女性らしくはない。その十代後半のような純粋さに異性としての魅力を感じた。

「世の中には私より上手な人が沢山いるわよ」

「それでも、これだけ、トロフィーや賞状を部屋に飾っている人はなかなか見当たらないな」

「お世辞ばかり上手いんだから」

「お世辞じゃなくて、本音だよ」

「まあ、私は高校時代に天才と言われていたから仕方ない」

「あら、開き直ってしまった」

「アハハハハハハハハ」と二人は一緒に会話の駆け引きが面白かったので、笑ってしまった。

上杉は坂井のこのような優しい笑顔を見ているとなぜ坂井の墓にはあのような強い怨念を感じるのかを理解できなかった。過去に戻って、リアルに彼女と話してみると怨念という言葉からは全く距離があるとしか感じない。

「坂井さん。何か悩み事ある?」

「なんでそんな事を聞くの?」

現在の坂井麗子の墓には強い怨念を感じているので、不思議に思ったと本音は言えなかった。

「私は坂井さんにとって、未来から来たので少しはそういった悩みの解決に役立てるかなと思って」

「でも、未来は変えられないんじゃないの」

「そうなんだけど・・・・・」

「まあ、小さな悩みしかないんだけどね。気にしなくてもいいよ」

「どんな悩み?」

「あなたが私の未来を教えてくれない事かな」

「さあ、話は終わりにしましょう」

「あらあら、誤魔化しちゃって」

これは坂井に少しやられたと上杉は思ったが、坂井の将来が知りたくなったのは確かだ。親に教えてもらったので、若死にする事だけは知っているが、後は怖くて調べる事ができない。調べるとすべてがおかしくなるような気がするからだ。

「そろそろ夫が帰ってくる時間だから帰ってね」と坂井が急かすように言った。

「私もご主人さんと一緒にご飯を食べたいな」

「駄目。浮気されていると思われるからね」

「ご主人さんは浮気しているじゃないか？」

「浮気はしているが、それは男の遊びよ。必ず私の所に戻るわ」

「なぜそういう事がわかるの？」

「彼は優しいのよ。愛しているって一日に何度も言ってくれるし」

「確かに男は遊びと本気を区別する事はできるね」

「あなたもそう思う？」

「そりゃ、私も男なんで」

「とりあえず、今日は帰ってね。あなたをいつか夫に正式に紹介してあげるから」

「浮気と思われないの？」

「あなたみたいな若すぎる男はライバルとは思われないよ。実際にライバルではないしね。でも、正式に紹介する前にここで突然会ったら、彼に浮気相手と誤解されかねない」

上杉は苦笑いをした。坂井麗子に恋しているが、彼女は恋している上杉と交際して楽しんでいるだけのようだ。決して本気ではない。その事は既知であるが、こうはっきりと言われるとツライ部分もある。歴史を変えるのはいけないので、彼女に本気になってもらっても困るのだが、ある程度は異性としての魅力を感じてほしいのは事実だ。

「ピンポーン」とインターホンの音が鳴った。

「さあ、早く帰ってね。たぶん夫よ」

「どこから帰る？」

「この家の裏門があって、そこから帰ってね。そこなら夫に気づかれない」

「わかったよ」

上杉は坂井からあらかじめ渡された靴袋を持って、裏門に向かった。すでに日は暮れており、夜の寒空の中、彼の姿は闇夜の鼠のように消えていった。

13

　何度も金曜日の夜中に坂井麗子の墓に向かう日々が続いたので、上杉の体力は更に落ちていた。その体の力を取り戻そうと食欲も異常になっている。おかずは現代と同じだが、ご飯は一日で五合食べている。まさに江戸時代と同レベルの消費量だ。それでも、体がどうしても少しずつ痩せていく。

「おかわり」と上杉は茶碗を母親に差し出しながら言った。

「これで、おかわり五回目よ」と姉が嫌そうに話した。

「お腹がすくんだよ」

「それにしても異常だよ。そこらで止めといたらどうだい？」と母親が呆れながら話した。

「お腹がすくのには異常も何も関係ないよ」

「それだけ毎日食べているのに、最近はさらに痩せているように感じる」

「痩せていないよ。逆に太ってきているよ」

「お前がそう言っても、子供の時から見ている母親を誤魔化すのは無理だよ」

「最近、体力の使用する事をやっているんだから問題はない」

「大学で勉強だけして、土日は熟睡しているあんたがそんな事をしているとは思えないけどなあ」

「大丈夫だって」

「とりあえず、自覚ができないのなら、自分の姿を鏡で見てみなさい！」

上杉は食事の後、洗面所の全身が見える鏡で自分の姿を見てみた。今まで、直視していなかったが、かなり痩せているように感じる。目の精気も薄れているように感じるし、あばら骨も見える。しかし、過去の世界で坂井麗子と交際する事はそれらを忘れさせる程、楽しかった。夢中だった。

あの坂井麗子から湧き出てくる香は何だろうか？　何かの香水をつけているには間違いないが、今までの女性とは違う香がする。ブランドの最高級の香水には間違いないが、香水をつけているような感じがない。まるで素肌から自然に香りが湧き出てくるように感じるのだ。人工的な違和感が全くない。

しかし、一部の理性が「坂井にここまで夢中になるのは危険では？」と強く訴えかけるのも確かだ。昔、美女の幽霊に取り憑かれた男の物語をテレビで見た事があるが、それとよく似ているような気もする。父親が坂井の墓には近寄るなといった言葉も気になる。

上杉はインターネットの検索エンジンに名前を打ち込んで、本格的にその人生の内容を調べようとしてみたが、「坂井麗」とは打てても、最後の「子」だけは打ち込む事ができなかった。それを十回ほど繰り返した。だが、どうしても最後の「子」だけは打ち込む事ができなかった。

もし、ここで最後の文字を打ち込んで、坂井麗子の人生の全てを調べてしまったら、すべての事は明らかになるが、坂井との関係も完全に終了してしまうかもしれない。坂井が悪霊であり、上杉大輝を霊界に連れて行こうとする悪女である事が明確に理解できてしまうかもしれない。それが上杉にとってはとても怖かった。そんな事で坂井との関係を終わらせたくなかった。おまけにあんなに優しい坂井がどんな理由があっても悪霊になるとは考えにくい。

今日は金曜日だ。これだけ痩せて、精気が無くなっていても、これから坂井麗子にまた会う為に彼女の墓に向かうつもりだ。まるで麻薬中毒者が覚醒剤を求めるように、危険とは感じているが、どうしても彼女と会いたいのだ。止める事はできない。死が訪れない限界まで彼女と会うつもりだ。

たとえ彼女が悪霊であってもかまわない。そんな事はどうでもいい。あの美しい悪霊なら、取り憑かれたってかまわない。死を誘おうと誘惑してこようともかまわない。しかし、最後は逃げ切ってやるつもりだ。どんな事があっても死だけは迎えるつもりはない。

「坂井麗子よ！　私はあなたが大好きだ。でも、一緒に死の世界に行くつもりは毛頭ない。最後はあなたにどんな事があっても勝利するつもりだ」と上杉は心の中で強く叫んだ。

その気合い入れの後、痩せた体が多少ふらつきながらも、いつもの愛用の懐中電灯を手に取り、坂井の墓へと向かって行った。

夜中、暗闇が覆っている神秘の時間に、坂井麗子の墓はいつものようにそこだけは強い霊気を放ちつつ、超然と立っていた。今日は一緒に百貨店で買い物をする予定だ。おまけに彼女の最愛の夫にも友人として、紹介してもらえる。

上杉は期待に胸を膨らませて、坂井の墓に手で触った。その瞬間、更に慣れた上杉は苦痛もなく、過去の時代へと意識を飛ばした。
・・・・・・・・ここは、昭和四十八年三月十八日の日曜日だ。売れっ子の坂井は久しぶりにスケジュールが空いたので、一緒に買い物をする約束で、新宿の百貨店で待ち合わせをしている。

「あいも変わらずのレトロぶりだなあ。この世界は」と呟きながら、なかなか待ち合わせ場所で見つからない坂井の姿を上杉は探していた。

「あなたの服装も、映画で見るような変わった服装じゃない」と後からサングラスをした女性の声が聞こえてくる。

坂井麗子だと声質から上杉は判断した。

「なぜサングラスをかけているの？」

「私を誰だと思っているの？」

「あ、そういう事かあ」

「そういう事よ。こうでもしないとすぐに正体がバレてしまって、人だかりができるんで仕方ない」

「売れている芸能人はめんどくさいんだねえ」

「サングラスをしていても、輪郭や声質等で正体が判明する時もあるのよ」

「その時はどうするの？」

「逃げるしかない」と坂井は微笑みながら言った。

「芸能人には芸能人の苦労があるんだね」と上杉は共感しながら話した。

「どんな華やかな職業にも裏には苦労があるものなんだよ」

「さてさて、何を見てまわろうかな？」

「最初は帽子にしたいなあ」

「なぜ？」

「変装に役立つから」

「忍者みたい」と上杉は小学生のようにおどけて話した。

「私は誰にも気づかれない幽霊、それも悪霊よ」と坂井は悪戯心を込めて言った。

その言葉に対して上杉はかなり「ドキッ」としたがそれを表情にできるだけ出さないようにした。

「じゃあそこに行こうかあ」

上杉と坂井は百貨店の五階にある服や帽子や靴等がすべてそろう売り場へと向かった。そこは高級そうな商品ばかりが展示されており、陳列方法も安い商品が多数並べられていない。少数の展示用のブランド商品が並べられているだけの上品な場所だった。

坂井は帽子売り場に着くとすぐに無口になり、商品を興味深そうに物色し始めた。それも普通の女と同じく、とてつもなく長い。上杉はそれを見て、子供時代に母親のショッピングに付き合わされた事を思い出した。

「やっぱり、同じ女なんだな」とブツブツ上杉は言っているが、どうやら坂井麗子の方は気にもしていないようだ。

「これかわいい？」

「坂井さんは何を着てもかわいいよ」

「嬉しく感じるけど、そっけない返答だなあ」と坂井は不満そうに言った。

絶世の美人である坂井はよほどヘンテコな恰好を故意にしなければ、すべての帽子、靴、服、アクセサリー等は物が彼女にあわせた。彼女は物にあわせる必要はなかった。たとえ安い潰れそうな服屋の閉店セールで売り出されるような商品であっても、彼女は上手に着こなす事ができただろう。

「じゃあ、これはかわいい？」

「なんでもかわいいよ」

「じゃあ、これは美しい？」

「坂井さんは何でも美しいよ」

「回答になってないじゃん」

「それが回答だよ」

すでに、帽子の物色だけで二時間が経過していた。上杉は店にあるソファーにじっと座っている。上杉は考えていた。坂井麗子は本当に悪霊なのか？　彼女を観察していても、それは全く感じない。ただ、上杉の体だけが潰れていくのだ。

「坂井さんの墓からは凄まじい怨念を感じるんだけどなぜ？」と上杉は我慢できずに直接聞いてみた。

「何を意味がわからない事を言っているの。私は幽霊、それも正体不明の悪霊よ」と冗談交じりに坂井麗子は答えた。どうやら言葉の意味を理解してないようだ。その回答からは何の悪意も感じない。美しく、純粋な優しい女性の言葉だ。

松野千代や坂井麗子との接触において判明した事だが、どうやら墓に接触された過去の世界の人間は、現在の墓から感じる同じ人間の霊魂とは違うようだ。過去の記憶は持っていても、現在の記憶はない。だから、坂井は上杉の言葉の意味すら理解できなかった。

次に二人は靴売り場に移動した。身長が一六六センチもあり、女性にしてはかなり長身の坂井である。しかし、彼女は身長が高い事を嫌がる女性が多い中で、それとは正反対にそのスタイルの良さを強調したいようだ。常に高いハイヒールの靴に目が注視する。

「はい、これ持って」

「うん」

「これも持って」

「わかったよ」

「こっちもよ」

「多すぎだよ」

坂井麗子はハイヒールに非常に興味があり、幾つも試着用の為にそれらを上杉に持たせた。上杉はそれを嫌がるどころか、女性の脚線美に興味があるので、むしろ顔を真っ赤にしながらも持つのが楽しかった。

「何、顔真っ赤にしているのよ？」

「何でもないよ」

「女の子の脚に興味があるんだ♪」

「違うよ」

「スケベ♪」

坂井はどうやら上杉の心の中を見抜いたようだ。

「ハイヒールはかせてよ。似合っているかどうか見たいから。私は潔癖症だから自分の足に触るのが嫌いなんだ」

「嫌だよ」

「本当は触りたいんでしょ？」と坂井は顔を真っ赤にしている上杉をからかいながら話した。

「触りたくないよ。私はスケベではない」

「嘘をつかないでもいいよ。顔に触りたいと書いてあるから。それに私も潔癖症で自分の足を触るのが本当に嫌いなんで、履かせてもらいたいんだ」

上杉は顔を真っ赤にしながら、ハイヒールを手に取り、一足ずつ坂井の美しい足に履かせていった。それも心臓を「ドキドキ」させながらだ。坂井麗子も年下のかわいい男の子のそのような様子を見て、可愛らしく思ったのか楽しんでいた。

「けっこう純情なんだね。女の子と付き合った事ある？」

「秘密」

「これは面白そうな事を発見したぞ♪」と坂井は生物学者が新種の昆虫を発見したように言った。

「前の彼女の話を聞かせてよ？」と坂井は嬉しそうに言った。

「秘密」

「なんでも秘密なんだね？」

「どう生きようがほっといてほしい」

「キャッ、かわいい♪」

坂井は嬉しそうにすべてのハイヒールを試着した。どれもが抜群のスタイルを際立たせるので似合ってしまう。元から長い脚が更に長く見える。その脚はまるで、二本の成長した若い向日葵のようである。

上杉はその脚線美に見惚れてしまった。元の身長は上杉の方が六センチ程高いが、高いハイヒールばかりを選ぶので、それを履くと坂井が少しではあるが、上杉よりも身長が高くなる。これも上杉を魅了した。

「そろそろ昼もだいぶ過ぎたね。一五時だし、お腹すいたね」

「あー、やっと女の買い物も終わりだ」

「それどういう意味よ？」

「イヤ、別になんでもないよ」

「スケベしていたくせに、十分報酬は得たでしょ？」

「ハイハイ」

「昼もだいぶ過ぎたけど、御飯にしようか？」

上杉と坂井は百貨店の最上階にある高級そうなお店が並ぶレストラン街へと向かった。

その時、坂井はからかいたいので、突然、上杉の手を握ってきた。それに対して、上杉はその手をしっかりと握りしめた。

「また、顔が真っ赤になっちゃった」

「元から赤いんだよ」

坂井は上杉にしっかりと握られた手を、力を入れて振り払った。

「顔が元の肌色に戻っている。まるでリトマス試験紙みたいだね」

「元から肌色なんだよ」

「恋愛レベル１のスライム君だね、面白いな♪」

坂井麗子は芸能界の厳しい競争の中でトップ女優として生き抜いてきた女性だ。経験深く、知性も感じさせるが、このような童心を感じさせる遊び心を沢山持っている人でもある。こういう大人と子供の心が絶妙なバランスで混じりあっているのが、他の女性にはなかなか感じる事ができない彼女のとても強い魅力の一つである。

大人ではあるが、子供でもある。普通の女性はどちらかに偏っている場合が多い。子供であるか、大人であるかのどちらかだ。子供なら、すべての事を夢見るお姫様だし、大人なら、すべての夢を諦め、所帯染みた子持ちの主婦となる。

二人は恋人よりも仲が良い姉と弟のように一緒にエレベーターに乗った。エレベーターは重力に逆らって、グングンと上がっていく。エレベーターの中は日曜日なので沢山の人間がギュウギュウに詰まっており、息がつまりそうだった。

「やっと着いた感がする」と少し疲れ気味に坂井は言った。

「あんな満員だったら、仕方ない」

「何が食べたい？」

「任せます」

「何でもいいよ」

「私も何でもいいよ」

「優柔不断なんだから！」と坂井は少しイラっとして、話した。

上杉の手を引っ張りながら、坂井麗子は高級イタリアレストランに向かって行った。

「ここどう？」

「高そうで無理。もっと安いのが良い」

「全部奢ってあげるよ！　私がいつも行っている馴染みの店だしね」

そこは気品のある黒色の椅子、上品な深紅の布がかけられたテーブルと大理石の床が非常に良い雰囲気を醸し出している成熟した店だった。又、窓が閉められ、昼間ながらもわざと室内を暗くしているのもその感覚を強くした。ちなみに夜は窓が開けられ、最上階で都会の美しい夜景が楽しめるらしい。

「この牛肉旨い！」

「そりゃここのランチは八千円からだもん」

「高い！　毎日こんなに良い物を食べているの？」

「大金を稼ぐとストレスが溜まるので良い物を食べないと」

「年収はいくら？」と上杉は興味ありありで聞いてみた。

「それこそあなたの必殺技、秘密だよ」

「教えてよ？」

「まあ、高額納税者公示制度っていうのがあるから、調べたらわかるだろうね」

そういえばこの時代は芸能人の収入は筒抜けだった昭和の世界。現代のように高額納税者公示制度が廃止されてはいない。あの時代は良かった。芸能人がいくら貰っているかは一般庶民にとっては良い話のネタだった。

「とりあえず、今日は試着品を沢山持ってくれて、買い物にも付き合ってくれたお礼よ」

「ありがとうございます」

「そんなに丁寧に言われると照れるなあ」と坂井麗子は年に似合わず、可愛らしく言った。

その時に、隣の席からコソコソと話声が聞こえてきた。

「あの綺麗な女の人どっかで見た事ない？」と坂井麗子と同じ三十代くらいの太った女性が言った。

「ん、どこかで見たような見なかったような」と友人の同じくらい太った同年代の女性が答えた。

「サングラスと帽子をしているけど確実にどこかで見た事がある」

「なんか、テレビで見たような輪郭だし、聞いたような声だなあ」

「ん、誰だっけなあ。言葉に出ないいよう。絶対見た事あるんだけどなあ」

「あ、坂井麗子だ」

「そうだ、坂井麗子だ。間違いない」

「それにしても、あの大学生のような若い男は誰なんだ？」

「知らないよ。それに坂井って俳優の田中圭吾と結婚しているはず。なんであんな男と一緒にいるんだ？」

「枕営業だよ。間違いない」

「本当に？」

「あの性悪女が、若くして成功するには男に体を売るしかない。淫乱だから成功できたんだよ」

「そう言えば、週刊誌にも裸の仕事をしていた時の写真が掲載されていた。あそこの部分も丸見えだったわよ」

「あの若い男がテレビ局の社長の息子だとかだろう。今日も夜はベッドで腰を振るんだろうねえ」

「気持ち悪いから、早く死んでほしいね」

上杉と坂井のテーブルは一瞬にして絶対零度の冷気で凍り付いた。気まずい沈黙が流れ、二人から笑顔が消えた。上杉は坂井に何を話しかけてよいか全くわからなかった。ただ、あの太った女二人を強烈な憎しみをこめて睨んだ。

どうやら、あの豚女二人は上杉の憎悪を感じ取り、話題を違うものにしたようだ。今は、近所のおばさんの悪口を言っている。

「気にしなくていいよ。信じていないから」

「大丈夫。ただの誹謗中傷だよ。あんなのは芸能界で働いていたらいくらでもあうんだよ。いつもの事だから気にしていないよ」と坂井麗子は元気を何とか取り戻そうと気丈に振る舞った。

その時、とうとう我慢できず、サングラスをはずした坂井の瞳から大粒の涙が流れ始めた。上杉はもう言葉が何も出なかったし、それに気づいた豚女二人も店をそそくさと逃げて行った。

「ごめんね。嫌な思いをさせて」と坂井はその美しい涙をブランドのハンカチで拭きながら話した。

「あんなのはゴミだよ。嘘つき豚野郎二匹だよ」

「芸能界は競争が厳しい世界なんだ。本当の事はこれ以上言えないけれど、正直さや誠実さや純潔さだけでは生きてはいけない世界であるのも事実なんだ」と坂井は悲しそうに話した。

その後、二人は気分が冴えないながらも食事を続けた。沈黙の食事は坂井がこのような一般人からの噂にいかに悩まされているというのかをよく表していた。その食事の間も坂井の瞳からは時折、大きな涙が流れ出ているのが上杉にはわかる。高級イタリア料理もその現実の厳しさの前には何の味も感じる事はできなかった。

14

その日の夜、上杉は坂井麗子から夫の田中圭吾に「我が弟君」であると紹介され、自宅の夕食にも同席する事となった。現在でも生きている有名な俳優だ。坂井とはとうに死別し、別の女性と結婚している。

若い頃の顔を見られるとは興味深い。現代では老人だが、過去の世界ではやっぱりかなりの美男。水も滴るイイ男だ。上杉はライバル心を燃やしたが、自分のような素人の大学生にはすべての面において、勝てるような気はしなかった。話も上手で、良い空気を作るのにもたけている。話題は上杉の大学生活や家族の事から、今、妊娠中である坂井麗子のお腹の中にいる赤ちゃんの名前にまで及んだ。

上杉はかなり夜も遅くなったので、そろそろ、現代の世界に戻ろうとし、坂井麗子と別れの挨拶をかわした。

「また会おうね。今日は楽しかった」

「私も綺麗な自慢のお姉さんができて楽しいよ。またね」と優しく、上杉は言った。

その後、上杉は現代の世界に意識を飛ばした。

体力の消耗が予想以上に激しかったので、十分程、坂井麗子の墓の前で休んでいたが、これ以上、坂井の墓の前にいると誰かにそれを見られる可能性がある。特に家族に見られるのは非常にまずいと感じた。急いでこの場所を立ち去らなければならない。

「今日は楽しかったなあ。また、来週かあ」と話しながら、上杉はなんとか歩こうとしたが、足が動かない。必死で動かそうとしたがどうしても動かない。おまけに体のすべての部分の力が抜けていくように感じる。

「もう、我慢できない」と言った直後、上杉は坂井麗子の墓の前に倒れこんで、意識を失った。
・・・・・・・・・・・・数時間後、起きた時は自分の部屋の中だった。どうやら、家族の誰かが家の中に運んでくれたらしい。もう、上杉は坂井麗子の墓と接触している事を家族には隠せないと思った。不覚だ。堂々と坂井の墓の前で疲労のあまり意識を失ってしまうとは。
「どうだ、起きたか?」とその時、父親が突然、部屋の中に入ってきた。

「もう知っているだろ?」と上杉は元気が無さそうに話した。

「知っているよ。お前が坂井麗子の墓にまとわりついている事はな」

「俺、死ぬかもしれん。坂井麗子を愛している。たとえそれが悪霊であっても」

「私はお前の性格を一番知っている。安心した」

「どういう意味？」

「お前が死ぬという言葉を使用しているという事は、まだ完全に理性を保っているという事だ。お前は勝てる」

上杉は父親の言いたい事を理解した。坂井と縁を切れという事だ。今、体の状態はまるでボロボロだ。歯ですら抜けそうなくらいガリガリに痩せた体。目のクマ、髪の毛も以前よりだいぶ薄くなっている。このままでは駄目だ、駄目だと思いながらもどうしても坂井と過去の世界で会いたいという気持ちを抑えられなかった。

「母親も姉も心配している」と父親は悲しそうな目をしながら、上杉の肩を軽く叩いて、部屋をゆっくりと出て行った。

上杉は暫くの間、深く考えていた。このまま、坂井麗子の墓に接触すれば、どんな形であれ、確実に死ぬ事になるだろう。何とかしなければならない。すでに体に限界がきている事はヒシヒシと感じる。

しかし、過去の世界における坂井麗子はとても優しい、清楚な絶世の美人なのに、なぜ、現代の坂井麗子の墓からは凄まじい怨念だけを感じるのだろうか？　そこだけが気になる。坂井と縁を切るにしても、ここまで関係を持ってしまったなら、そこだけは知るべきだろう。それに過去の世界の坂井麗子はその理由を知らなかった。現代の坂井の墓だけが上杉を冷たく見るのだ。

過去の世界をあまりに知りすぎると歴史を変えてしまう危険性からこれまで、坂井麗子の事をこれ以上、調べる事は避けていた。又、坂井麗子が悪霊と判明するのもすごくつらい気持ちになる。

ただ、坂井麗子とこれ以上、過去の世界で接触するわけにはいかない。その最後のケジメとしてすべてを知りたいのだ。もちろん、歴史を変えるつもりは絶対にない。

上杉は坂井麗子のすべてを調べる決心をした。その体はボロボロで、二、三週間は大学の授業を休んで、家でひたすら療養する必要があり、それ以上の事は何もできない。知りたい気持ちがとても強かったが、水に沈んだ石のように体が思うようには動かなかった。

・・・・・・・・・・・・・・・・・数週間後、体は二十代という若さもあって、僅かの期間で全快とはいかないまでも、相当に回復した。そろそろ動き出さなければならない。今日は近くにある一番大きな図書館に行くつもりだ。そこで坂井麗子に関するあらゆる新聞記事や本を調べつくすつもりだ。おまけに足らない部分はネット検索もできるようにパソコン部屋もある。

上杉は強い好奇心を抱きながらも、何が出てくるかわからないという怖さも感じていた。逃げたい。逃げてすべてを見ないようにしたいという気持ちもあったが、同時に強い好奇心が沸いてくるような矛盾した複雑な気持ちだった。だが、今回は逃げるわけにはいかない。坂井麗子とのケジメをつけなければならない。

図書館は最寄り駅から電車で十五分くらいの場所にあった。その外観は大正時代のハイカラを代表するような建物だった。モダンな茶色のレンガ造りである時計台、緑色の屋根に歴史的な気品を感じる。

上杉は図書館に入る前にその近くにある川に行ってみた。都会特有の決して綺麗とは言えない川だ。人慣れした鳩が餌をくれと言って、近づいてくる。何となく、好奇心があっても怖くて、図書館には入りたくはなかった。

ポケットにある昼飯用の総菜パンを少しちぎって鳩にあげてみた。

「クックックッ」と喜びの声をあげて鳩は嬉しそうに食べている。

「何も悩みがなくて、こいつらは楽しそうだなあ」

二十分程度の時間が経過した。もう、鳩に与えるエサもない。上杉は図書館に入る為に重い足取りで入り口に向かった。やる気の無さそうな公務員の受付係が荷物を入れるロッカーの鍵を渡してくる。それを受け取った上杉は過去の新聞が閲覧できる場所に移動した。

坂井麗子関連の記事があるかどうかを坂井が生きている時代を中心に徹底的に調べてみた。そこには坂井麗子が田中圭吾と結婚し、ビックカップルが誕生したとか、妊娠もしているだとか、既に知っている情報も沢山あった。又、坂井麗子が孤児院に一億円を寄付しただとか微笑ましいニュースも沢山出てくる。

なかなか、坂井麗子の死亡記事を見つける事ができなかった。ネットの検索エンジンで調べても良いが、その前に更に詳しい情報を集めたかったので、今回は新聞で詳しく情報を特定してから、ネットで詳細を検索し、補足する方法をとった。本でも調べて、補足する予定だ。

「見つけた！」と上杉は喜んで叫んだ。

それは死亡記事ではなく、昭和四十八年、十月五日、夜九時を最後、家政婦に自宅で姿を見られた後、翌日に予定されていたテレビ撮影の仕事に出てこなかった。その後、一週間程、関係者の誰とも連絡が取れずに行方不明になっているという記事がまず出てきた。

それ以降は、日本中がその話題で大騒ぎになっている事がわかった。警察官が捜索に数万人動員されただとか、熱烈なファンが発見に数百万円の懸賞金をかけただとか、テレビの捜索特番までが作られ、胡散臭い超能力者が坂井麗子はソ連に拉致されたとか何の根拠もない事が続々と書かれていた。

そういった記事も行方不明の時間が経過するにつれて、殆ど出なくなってきた。一般の人々やテレビ、新聞といったメディアも坂井麗子の話題に飽きてきたようだ。時折、坂井麗子の父親、母親等の家族や友人の写真が掲載され、事件の事が述べられているだけとなってきた。目立っているのは夫の俳優である田中圭吾が必死で探している姿が掲載されている記事だ。夫婦の強い絆を感じる。

上杉はそれから暫くの探索後、「なるほどな」と呟いた。

坂井麗子の最後に関する決定的な記事が見つかったのだ。これにはこう書いてある。

「昭和五十四年、八月十六日に東京湾で発見された身元不明の腐乱死体が、女優の坂井麗子であると確認された。俳優、田中圭吾と新婚、妊娠後の悲劇、日本中に衝撃走る！」

その後も、ネット等で色々と調べてみた。死体の腐敗は激しかったが、死因を鑑定できない程ではなく、お腹にいる胎児ごと、ナイフによってメッタ刺しにされ、東京湾に捨てられたようだ。警察は殺人事件と断定し、大掛かりな捜査体制をひいたが、犯人は捕まらずに迷宮入りとなった。

これで、坂井麗子の墓から感じる怨念の意味が理解できた。誰が犯人かはわからないが、あのような善人でもお腹の中の赤ちゃんと一緒にこれだけ残虐な殺され方をしたなら、世を恨まざるをえない。

「ふーっ」と深いため息を上杉はついた。

酷く落ち込んでいた。あのような清楚で美しく、優しい人がこんな残虐な殺され方をしなければならないのが運命だとは、非常に悲しい気持ちになる。この運命は知りたくはなかったが、自分が本当に夢中になった女性との縁を切るにあたって、どうしても知る必要があった。そうでなければ、上杉は縁を切る事ができなかった。

外はもう日が暮れそうだ。それに曇り空に雨が少しパラついている。上杉は自宅に戻る事にした。その気持ちは天気を反映したように暗く憂鬱だった。残酷な運命の上に今の世界がある事に強い怒りを感じていた。

15

上杉は図書館から帰ってきて以来、大学にも通わずに、自分の部屋に数日間、閉じこもった。坂井麗子が犯罪に巻き込まれたと思われる概ねの日付と時間帯は既に把握している。自分の命を賭ける必要があり、過去の歴史が変わって、現代に強い影響をあたえても助けるべきか？　それとも見捨てるべきか？

上杉は坂井を本当に愛していたので、自分の命は惜しくはなかった。たとえ、現代の坂井の霊魂が悪霊であって、上杉を殺害する事が目的で犯行現場に引き寄せている事も考えられるが、そんな事はどうでもよかった。それよりも、あの残酷な運命から坂井麗子を開放するか、それとも現代を絶対に変えない為に過去も絶対に変えてはいけないのかを深く考えていた。

今は、現代を絶対に変えてはいけないという考え方に傾いている。しかし、このような坂井麗子の残酷な運命の上に立つ現代という世界が許せないという気持ちも同時にある。

「どうするべきか？」と上杉は独り言を呟いた。

もし、坂井麗子を助けてしまうと松野千代を助けてしまったような事が起こるだろう。否、今回はそれどころではない。松野千代は知名度の無い一般人だ。それに対して、女優の坂井麗子は日本中に高い知名度と多数のファンを持っている超有名人だ。松野千代を助けた事で起こるような現代の変化よりもとてつもなく激しいだろう。そんな物とは比べる事はできない。

もはや、この事で数日悩んでいる。気が狂いそうだ。数時間深く考えては、疲れ果てて数時間睡眠に入る。これの繰り返しだ。何の進展すらもない。食事もあまり喉に通らない。おまけにこの能力の事を知られるわけにはいかないので誰にも相談できない。

「現代の世界は本当に変えてはいけない物なのか？　それほど合理的にできた世界なのだろうか？　生きる価値がある善人が死に、生きる価値がない悪人が現代も生きている矛盾した世界だろう。そんな物に何の価値があるんだ？　現代の世界は偶然が重なってできた意味の無い世界。そんな物はぶっ壊せばいいんだ。合理的に修正すれば良いんだ」と心の一方が呟いた。

「たとえ、現代の世界は偶然が重なった世界であっても、そこに今、生きている人間の幸せそうな顔を見ろ！　その偶然は価値のある偶然だ。今、生きている人間は偶然という運命の賭けに勝った人間。それに神が決めた運命かもしれない。それが善人でも、悪人でも価値のある偶然だ。変える正当性はない。人間が変化させる権利はない。それに過去を変えるとお前やお前の大切な人も消滅するかもしれないぞ！」と心のもう一方が呟いた。
・・・・・暫く、ボーッと別の事を考えていた。坂井麗子と交際した楽しい思い出にひたすら耽っていた。一緒に過ごした数十日間は本当に楽しかった。いつも胸に心をときめかせながら、初恋をした子供のように坂井麗子を訪ねた。

心臓が「ドキドキ」する事も多かった。その優しい瞳にいつも傍でウットリしていた。その優しい笑顔が頭に焼きついて離れない。

「助ける！」と上杉は力強く言った。

もはや、上杉は感情を抑える事ができなかった。感情がない完璧な正義が遂行できる神とは違う人間だった。人間であるがゆえに後に起こる結果なんかどうでもよかった。ただ、自分の愛する女性の運命を変えたいと思った。それだけだった。

・・・・・・・・・・・・数時間後、動き出せる夜中だ。これで、坂井麗子と会う事は最後だ。時代の違う人間とはこれ以上交際できないし、体力も限界だ。これ以上、坂井の霊魂にとりつかれるとこちらの命まで危ない。しかし、ここまで愛した女性を過酷な運命から絶対に救い出したい。何が起ころうとも。

上杉は勇気を奮い立たせながら、坂井麗子の墓へと向かった。今回は今までとは違う。坂井麗子とただ交際するわけではない。犯罪に巻き込まれる時間帯、つまり、昭和四十八年、十月五日、夜九時の坂井の自宅に行って、彼女を殺人犯から明日の朝、テレビの仕事に行くまで守るのだ。とても緊張する。

家から一応、武器として包丁やゴルフクラブを持ってきた。これで坂井を守れるかどうかはわからないが、上杉にとっては思いつく精一杯の武器だった。もちろん、坂井には今日、犯罪に巻き込まれ、殺害されるという事もすべて話すつもりだ。彼女は非常に怖がるかもしれないが、彼女にも殺人者と戦うという強い意識を持ってもらわなければならない。

又、犯罪に巻き込まれない為に、二人で誰もいない場所に行く方法も考えた。相手が誰でも良い殺人が目的ならばそれでもかまわない。しかし、坂井麗子を狙った殺人なら、そこで逃げても、後で彼女は殺されるので意味はない。坂井の自宅で殺人犯と決着をつけるつもりだ。そこで犯人を必ず捕まえなければいけない。チャンスは一回だけだ。

数分後、坂井麗子の墓についた。相変わらずの怨念の強さだ。あれだけ上杉と親交を温めたのに何も変わっていない。

「坂井麗子は悪霊で私を本当に殺そうとしているかもしれない」と上杉は坂井の墓の前で脚を震えながら言った。

もちろん、墓からは何の反応もない。坂井を救おうかどうか考えている時は自分の命を捨てる事はどうでもいいと考えていたが、実際になると上杉は強い恐怖を感じた。だが、男として愛した女を守りたいと決心した以上はここで逃げるわけにはいかない。

上杉は覚悟を決めて、坂井麗子の墓の上に右手を置いた。その置いた右手は若干、震えていたが、すぐに意識は過去の世界へと運ばれていった。

今、昭和四十八年、十月五日、夜九時だ。家政婦が坂井麗子を最後に自宅で目撃した時間だ。上杉はできるだけ早く、坂井麗子に会って、今日、犯罪に巻き込まれるという事を伝えなければならないと考え、坂井の自宅の正面の門に速足で向かった。

正面の門に到着した時、ちょうど、坂井を最後に目撃した家政婦が自分の家に帰る為に門から出るところだった。

「上杉君じゃん、久しぶり」と家政婦は笑いながら話した。

上杉にとっては時間があまり経過した感覚はないが、最後に坂井の自宅を訪れたのは過去の世界では数か月前だ。

「お久しぶりですね。お帰りですか？」

「うん、仕事終わったからね」

「坂井さんはまだ起きていますか？」

「うん、起きているよ。私から君が来たって連絡してあげるよ」

家政婦は仕事が終わっていたにも関わらず、親切にもインターホンで坂井に上杉が来た事を連絡してくれた。

「ありがとう、家政婦さん」

「どういたしまして」と家政婦は元気よく答えた。

上杉は急いで正面の門から玄関に入っていった。

「数か月ぶりね。今日はどうしたの？　こんなに夜遅くに」と坂井は眠そうに言った。

「あなたはもうすぐ殺される」

「・・・・・・どういう意味？」

上杉は坂井麗子に事件のすべての経緯を話した。もちろん、六年後に東京湾で胎児ごと妊娠した腹をナイフでメッタ刺しにされ、腐乱死体で発見される事も包み隠さず話した。

坂井は暫くの間は衝撃で口もきけない様子で唖然としていた。しかし、そこは知性溢れて、勇気ある行動的な側面も持つ坂井麗子だ。すぐに状況を把握し、二人で冷静に対処する方法を考えた。その結果、家のすべての鍵を閉め、二人で犯人を迎え撃つ事になった。又、警察はすぐに呼ぶ事はできなかった。携帯電話もない昭和後期の世界では、空想映画のような現代から来た上杉の話を信じてくれるはずはないからだ。

「これで大丈夫だ」と家のすべてに鍵をかけおえた上杉は言った。

「私、本当に怖い」と坂井は涙ながらに話した。

「家の外の鍵だけじゃなく、この部屋や窓も含めてすべての鍵を閉めたから、犯人が侵入すれば、確実に音が出るし、私もここでゴルフクラブを持ってあなたを守っているから、大丈夫、奴に勝てる」

「私は何をすれば良いの？」

「とりあえず、護身用にこの包丁を持っていてね。犯人が確実に来たと思ったら、警察に通報してほしい。それしか警察を動かす方法はない」

「わかったわ」と悲壮な覚悟を決めて、坂井は言った。

「こんな重要な時に、あなたのご主人はどこにいるんだよ？」と残念そうに上杉は話した。

「暫く、海外で映画の撮影をしているわ。今日は戻ってこないわよ」

「あの役立たずめ！」と上杉は吐き捨てるように言った。

「あんたが、今日、急に私が殺されるってきたじゃない。夫に手伝ってもらう準備なんてできるわけないじゃん。わがまま！」

「それもそうだ」と上杉は苦笑いした。

二時間が経過した。まだ誰もやってくる気配がない。すでに夜の十一時だ。

「本当に来るの？　殺人犯が」と坂井麗子はしびれをきらして、退屈そうに話した。

「間違いない。来ないわけがない。今日来なければ、未来で調べた事実と矛盾する」

「もう眠くなってきちゃった」と坂井はあくびをしながら話した。

「寝ちゃだめ！」

「わかっているわよ」

その時、「キィーー」と家のすぐ外で車が急ブレーキで止まった時の大きな音が鳴った。

「いよいよか」と上杉は覚悟を決めながら話した時、坂井が急に上杉に心配そうに抱きついてきた。

上杉はこんな時にもかかわらず、また「ドキドキ」と心臓が鳴り始めた。坂井麗子の方は殺人犯が来るかもしれないという恐怖で全く、意識していないようだ。

ブレーキ音から三十分経過したが、家からは何の音も聞こえてこない。どうやら、あの車は殺人犯の車ではないようだ。

「妊娠しているお腹がだいぶ大きいけど、俊敏に動ける？」と上杉は心配そうに聞いた。

「大丈夫、私と私の大切な赤ちゃんを守る為だから、死ぬ気で動くわよ」

「いつも肯定的だねえ。頼もしい」

「いざとなったら、この包丁で殺人犯の脚を刺してやる」と坂井は持っている包丁を笑いながら、天井にかざした。

「頼もしい。守ってもらえる？」

「何よ。逆でしょ」と坂井は愛嬌たっぷりに言った。

「ギャハハハハ」「キャハハハハハ」と上杉と坂井はそのやり取りが、とても面白かったので、二人で大爆笑してしまった。その後、深い沈黙が訪れた。

「私達、本当に助かるのかな?」と悲痛な声で坂井麗子は言った。

「助かるじゃない。生きるんだよ。生きたいから生きるんだよ」

「そうだよね。それくらいの気持ちがないと殺人犯には勝てないよね」と坂井は元気を取り戻したフリをして、話した。

上杉はこの沈黙の深い夜に坂井麗子といる事は何か運命を感じさせるような気がし、ついに坂井麗子の肩を手で引き寄せ、坂井もその空気を読み、目を閉じた。

五分間、二人の間に熱いキスがかわされ、お互いの舌が口の中で絡み合った。

上杉にとっては女性との初めてのキスだった。そのキスはラベンダーの香りがした。坂井の唇はクリームケーキのようにやわらかく、ゴム鞠のように弾力性があった。舌は綿菓子のように柔らかく、蕩けるように甘かった。

「こんなことしていいの？　結婚しているし、妊娠しているんでしょ？」

「でも、今、助けて欲しい時に夫はいないわ。そんなの身勝手でしょ」と坂井麗子は心細そうに言った。

その時、インターホンの音が鳴り、夫である田中圭吾に似ている声が聞こえた。

「麗子、撮影が早く終わったから、すぐ帰ってきちゃった。今日はお酒を飲んでクタクタなんだ。門を開けてくれ」

「あ、私、とても心細かったんだ！」と歓喜の声を坂井麗子は出した。

「開けちゃだめ！」と上杉が言おうとする前に、坂井は速足で玄関に向かった。

坂井麗子は玄関の鍵を開け、そこで夫の田中圭吾を待っていた。

その時だった、黒い覆面を被ったジャージを着た大男がナイフを持って、坂井麗子に襲い掛かった。

間一髪！　ナイフは坂井の首には当たらずに、髪を突き刺しただけだった。

「キャーーーー」という坂井の大きな悲鳴が聞こえた。

上杉は心臓が飛び出すくらい驚き、間にあって欲しいと願いながら、猛ダッシュで五十メートルくらい離れている玄関まで走った。

そこはちょうど黒い覆面の大男が坂井麗子の首を押さえつけて、その胎児で膨らんだ腹をナイフで刺そうとしている時だった。

上杉は持ってきたゴルフクラブで覆面の大男の背中を叩きつけようとしたが、相手は格闘技の経験があるような素速い動きで坂井の体から離れて、それをよけた。

「速く、警察に通報する為に電話に向かえ！」と上杉は大きな声で怒鳴った。

「わかったよ」と坂井麗子は家の奥の方にある電話へと走った。

覆面の大男はナイフで上杉はゴルフクラブだ。一撃の威力は大男にあるが、リーチの長さは上杉を優位にした。三分間程の睨み合いが続く。

先に動いたのは上杉だった。ゴルフクラブで大男の頭を叩きつけようとしたが、大きく空振りをした。その隙をついて、犯人のナイフが上杉の頬をかすった。

その時、坂井麗子の悲鳴が聞こえてきた。

「電話が使えない。そんな馬鹿な！　電話線が切られてある。昨日までは使えたのに！」

「じゃあ、裏口から出て、速く逃げろ！　逃げて警察に通報しろ！」

「駄目よ、あなたを見捨てられない！」

「俺はいいから、速く行け！」

「物理的に無理よ、裏口は普段は鍵が閉めてあるし、それは玄関に置いてある！」

「じゃあ、窓から飛び降りろ！」

「そんなの無理よ。ここの家の窓は大きくないし、人が通れないわ！」

大男は上杉の腹に蹴りを入れた。蹴りは腹に命中した。

「ウグググググ」と小さな悲鳴を上杉はあげた。

犯人からはナイフの追撃がくる。上杉はそれをよけようとしたが、完全にはよけきれず、ナイフが肩を貫いた。肩から大量の血が噴き出してくる。

その瞬間、玄関に戻ってきた坂井麗子が包丁を大男に向けて投げつけた。しかし、大男はそれをなんとかよけきって、包丁は植木鉢の木に刺さった。

上杉は出血で気を失いそうだった。歩くのもやっとだ。それを見て、坂井麗子を殺害する事が第一の目標である大男は彼女の方向に歩いて行った。

「速く家の奥に逃げろ！　あいつの目的はあなただ！」

「あなたを見捨てられない！」

「大丈夫だ！　速く行け！　俺は死なない」

坂井麗子は猛スピードで家にある自分の部屋に駆け込みその鍵を内側から閉めた。

今、犯人はその坂井の部屋の戸を開けようと持ってきた工具を使用している。

上杉は血が流れる肩をタオルできつく締め、出血を止めた。なんとか、まだ歩ける力があるようだ。坂井の部屋の前にいる犯人に気づかれないようにゆっくりと近づいて行った。

犯人はそれに気づいていなく、まだ坂井の部屋の前でガチャガチャしている。

上杉は犯人の背中から飛びかかった。上杉は犯人から工具を取り上げようとしたが、犯人の力は強く、取り上げられない。その際、不意をつかれた犯人の覆面ははぎ取れ、正体が判明した。それは驚くべき事に夫の俳優である田中圭吾であった。田中圭吾は再び、上杉の腹を蹴り上げて、引き離した。

唖然と見つめる上杉を相手に「なんでお前がここにいるんだよ！」と田中圭吾は激怒して怒鳴った。

その瞬間、扉がゆっくり開いて、部屋にあった愛用のピンク色のゴルフクラブで坂井が田中圭吾の後頭部をすべての力をいれて叩きつけた。その衝撃で、田中圭吾は白目を剥き出して、手足がガクガクと震えながら床に倒れこんで動かなくなった。

上杉は動かない田中圭吾を調べてみた。

「どうやら、死んでいるようだ。息もしていないし、まばたきもしていない」と上杉は安心しながら言った。

「殺人犯がこの人だったなんて！」と悲しそうに坂井は呟いた。

「私も驚きだよ」と上杉はため息をついた。

「本当はここまでしたくなかった」

「優しいんだね」

「このお腹の赤ちゃんの父親だしね」

「とりあえず、すべてが終わった。二人で警察にいこうか、すべての事情を話そう」
・・・・・・・・・・・・・・・・・・・・・・その隙をついて、突然、急に息を吹き返した田中圭吾が落ちてあるナイフを拾って、坂井麗子の心臓を突き刺そうとして、立ち上がった。
田中圭吾の俊敏な動きに対応できず、それを見て恐怖のあまり上杉は硬直した。まだ、坂井麗子はそれに気づいていない。

「ガオーーーーーーーーーー!」と田中圭吾は最後のライオンのような雄叫びをあげて、ナイフで坂井に襲いかかった。

獣のような大声に坂井麗子は後ろを振り返った。田中圭吾のナイフは坂井の心臓をめがけて一直線に突き刺そうと光のような速さでむかってくる。

「キャーーー」と坂井麗子の断末魔の悲鳴が聞こえた。

もう駄目だ、間に合わないと上杉は目を伏せた。

その時だった、上杉の後ろのドアから「パン、パン、パン、パン、パン」と何かの鼓膜を破るような大きい発砲音が起こった。

その瞬間、格闘技で鍛えられた田中圭吾の体に数個の穴が開き、血が噴き出した。彼の目がどんどんと精力を失っている。ついに「ドスン」という鈍い音をたてて、田中圭吾は死の世界へと旅立った。

あの発砲音は警察官数人のピストルの音だった。危機一髪だ。もし、数秒遅れていたなら、坂井麗子の心臓はナイフによって貫通していただろう。

16

坂井麗子の墓は消滅した。あの墓の中には坂井麗子以外は誰もはいっていない。つまり、坂井はこの現代の世界でも生きているという事だ。昭和十六年生まれなので、今、結構な高齢者だ。そして、坂井麗子が若死にしたという記憶も父親、母親等含めてすべて消えていた。今でも元気で生きていると記憶している。

この昭和の大女優である坂井麗子を救済した事で、彼女は首相経験者である有名な世襲政治家と結婚し、三人の息子はすべて政治家となり、八人の孫に恵まれている。

以前の現代の世界と比べるとかなりの変化だ。この変化を考えると、他の人間の人生を大きく変えたかもしれない。

又、夫の田中圭吾は上杉が過去を変化させた現代では、坂井麗子にかわって墓に入っている。田中圭吾は坂井麗子に多額の生命保険をかけており、大企業の社長令嬢とも結婚の約束をしていたという事が後の警察によって判明した。犯行動機は保険金と新たな結婚相手が見つかった事で坂井とお腹の中の赤ちゃんが邪魔になったのだろう。

後、警察に通報した人間だ。近所の人でもないし、家政婦でもない。通行人でもない。そもそも、あんなに大きい豪邸なので、大きな音でも目立ちにくいし、犯罪に巻き込まれていても、自分たちが安全でいたいので無視する日本人がなかなか通報するはずがない。

・・・・・・・・・・・・・・・・驚くべき事に通報した人間から手紙が来た。

「お父さんを助けたかったので、坂井麗子さんの件で警察に通報しました。あなたと同じ能力を持つ可愛い未来の娘より♪」

上杉は余計な事しやがってと少し思ったが、まだ見ぬ娘を楽しみにした。誰と結婚するんだろう？　坂井麗子か？　否、それはない。現代では坂井はかなりの高齢者だ。そうそう、今日は昭和の大女優、坂井麗子の特別番組がある。それを楽しみにしていたんだ。上杉はテレビをつけた。

坂井麗子は最後に会った時から四十年以上の時間が経過しており、やはり老女だった。ただ、老女でも昔の面影が残っており、あの年齢にしては美人で、老けていないように感じるし、気品や清楚さは昔と変わらない。

「このハンカチはなんですか？」と若い男性レポーターが興味深く聞いた。

「私をあの田中圭吾の事件から守ってくれた男の人のハンカチです」

そういえば、汗を拭く為に持ってきたハンカチが見当たらなかったが、過去の世界に置いてきたかあと上杉は思った。

「その人の事を今でも好きですか?」と若い男性レポーターは楽しそうに聞いた。

「昔の事ですが、今の旦那と同じくらい好きでした」と坂井は目をキラキラさせて言った。

「今、幸せですか?」

「その人がいたから」と坂井は感謝の気持ちをこめて話した。

上杉は幸せで、とても照れくさい気持ちになった。昔のあの時代に坂井麗子と一緒に生きたかった。生まれてくる時代を間違えたかもしれない。しかし、今更、お互いが別の人生をあゆみ、年齢の違い、家族の有無も考えて会う事はできない。

上杉はただ坂井麗子が今、幸せであるという事が嬉しかった。あの命を賭けた恋の報酬はそれだけで十分だ。後悔はない。

「おーい」と外から同じ大学に通う恋人の声がした。

「今行くから待っていてね」と上杉は照れくさそうに言った。

今日、今の新しい彼女とのデートの約束がある。上杉大輝は「今を全力で生きる」と誓いながら、家の扉を力強くあけた。未来は真夏の太陽のように明るく輝いている。

著者プロフィール
松本博逝
１９７８年１１月２９日に誕生
１９９４年大阪市立梅南中学校卒業
１９９７年上宮高等学校卒業
２００２年関西学院大学法学部政治学科卒業
松本博逝はペンネームである。その他、著書として「私はサラリーマンになるより、死刑囚になりたかった」や「姥捨て山戦争」等がある。
趣味は読書、人間観察等

神人！　墓石書き換え人
著者　松本博逝
２０１９年　３月　８日　初版発行
発行者　岩本博之
発行所　ロックウィット出版
〒５５７－００３３
大阪府大阪市西成区梅南３丁目６番３号
電話　０６－６６６１－１２００
装丁　岩本博之
印刷所　ニシダ印刷製本
製本所　ニシダ印刷製本

ISBN978-4-9908444-3-1